Jochen Schimmang

# DIE GEISTESGEGENWART

Roman

Frankfurter
Verlagsanstalt

Erste Auflage 1990

Satz: Photosatz Reinhard Amann, Leutkirch
Druck & Einband: Franz Spiegel Buch, Ulm
Printed in Germany
ISBN 3-627-10056-5

# PROLOG

Der Ort ist nicht genau auszumachen.
Es könnte am Strand sein. Dort hinten scheint das Meer zu beginnen, über dem sich ein großer leerer Himmel spannt, grau eher als blau. Kleff würde es gefallen, wenn es am Strand wäre.

Aber es muß nicht der Strand sein. Es könnte sich auch um eine beliebige Ebene weit landeinwärts handeln, eine Ebene in Belgien natürlich. In diesem Falle sähe man dort hinten nicht das Meer, sondern den Rand des Horizonts.

Im Vordergrund sammelt sich alles auf engstem Raum, in entrückter Konzentration: der Vogel, der Mann, der Fisch – von links nach rechts.

Zuerst richtet sich der Blick auf den Mann in der Mitte. Der Anthropozentrismus ist nicht auszurotten. Um eine dieser bekannten Figuren mit der korrekt sitzenden Melone handelt es sich, mit dem zugeknöpften grauen Mantel, in dessen Taschen beide Hände versenkt sind und in dessen Ausschnitt wir den Kragen eines weißen Hemdes mit einer dunklen Krawatte sehen. Der Mann scheint einen dunklen Anzug zu tragen. Seine Schuhe sind gute schwarze Stadtschuhe mit runden Kappen, ein wenig unpassend für den Strand oder die freie Ebene, wie überhaupt seine ganze Kleidung eher einem Oktoberabend in Brüssel angemessen wäre. Zweifellos ist er nicht zum Wandern hergekommen, in diese Ebene, an diesen Strand, der zwischen Blankenberge und Ostende sich erstrecken könnte. Vielleicht ist er gar nicht hergekommen: vielleicht hat er schon immer in dieser Ebene gestanden.

Natürlich hat er schon immer hier gestanden, denkt Kleff, seit 1960, als er geschaffen wurde. Vor allem kann man sich nicht vorstellen, daß er jemals etwas sagen könnte.

Kleff kann die Augen des Mannes nicht fixieren, da dessen Blick immer ins Leere geht, wie man sich ihm auch nähert. Im Gegensatz zu seiner Kleidung läßt das Gesicht auf einen eher noch jungen Mann schließen, Anfang dreißig vielleicht. Es ist ein Gesicht mit weichen, beinahe kindlichen Zügen und dem Anflug eines Lächelns: eines Lächelns, das aus einer Verletzung herrühren könnte, die der Mann erlitten hat, oder aus einem unangenehmen Wissen, das er mit niemandem teilen kann. Über den zunächst grauen, dann, beim näheren Hinsehen, blauen Augen wölben sich in schönem Bogen kräftige dunkle Brauen. Die geschlossenen Lippen unter der geraden Nase, bei aller Konzentration, haben sie nicht auch etwas Sinnliches? Sind sie nicht sogar eine Spur zu rot?

Wenn seine Augen etwas fixieren, muß es weit außerhalb des Bildes liegen, weit hinter Kleff und den anderen Betrachtern. Vielleicht erwartet er eine Person, die von dort langsam auf ihn zukommt. Der Ausdruck seines oval geschnittenen Gesichts könnte eine solche Erwartung signalisieren.

Dagegen scheint er nicht zu bemerken, daß er von einem Vogel und einem Fisch flankiert wird, die beide ungefähr seine Größe haben.

Der Vogel sitzt auf einer Astgabel, die unvermittelt aus dem Boden wächst. Zunächst scheint er zur Familie der Greifvögel zu gehören. Ein Falke könnte es sein, ein Habicht, ein Bussard – wenn er nicht den Kopf einer Taube hätte!

Sein Gefieder ist rötlich gemalt. Wir sehen ihn im Profil; sein bogenförmig spitz nach unten zulaufender Schnabel deutet auf die rechte Schulter des Mannes. Wohin sein Blick sich richtet – man sieht natürlich nur ein Auge, das rechte –, läßt sich nicht sagen.

Es läßt sich nie sagen, wohin der Blick der Vögel sich richtet, denkt Kleff. Dieser hier scheint jedenfalls nicht auf der Jagd zu sein, eher ins Nachdenken versunken.

Kleff geht davon aus, daß die Tiere, auf ihre Art, ebenso nachdenken wie wir, die denkenden Schilfrohre.

Der Fisch könnte am ehesten ein Lachs sein, auch eine Forelle. Er ist silbergrau, kaum geschuppt und richtet seinen Blick starr zum Himmel, denn er liegt nicht etwa im Sand, sondern steht auf seiner Schwanzflosse. Wie eine Rakete auf der Abschußrampe, denkt

Kleff. Sein Maul ist halb geöffnet und würde sich im nächsten Moment wieder schließen, wenn er im Wasser wäre. Ähnlich dem Mann scheint er eine Verletzung erlitten zu haben oder über ein Wissen zu verfügen, das er mit niemandem teilen kann.

Der Titel des Bildes, sagt der Führer zu der Gruppe süddeutscher Touristen, mag sehr wohl ironisch sein. Wenn Sie genau hinsehen, werden Ihnen die drei Figuren auf dem Bild, die man übrigens als völlig gleichberechtigt ansehen muß, eher ein wenig in Trance erscheinen denn geistesgegenwärtig. Es ist, als habe die gesammelte Aufmerksamkeit, die sie erst auf gewisse Gegenstände – reale oder ideale – gerichtet hatten, sie inzwischen ihrerseits verschlungen und es unmöglich gemacht, sich aus diesem Bann zu lösen. Sehen sie nicht aus, als warteten sie auf Erlösung, oder, um ein weniger religiöses Motiv anzuführen, als warteten sie wie Dornröschen darauf, wachgeküßt zu werden?

Noch eine Weile streicht die Gruppe um das Bild herum, wobei man sich gegenseitig auf diese und jene Einzelheit aufmerksam macht, und ein älterer Herr fragt etwas, oder sagt etwas, sehr leise und mit zitternder Stimme, die anzeigt, daß er all seinen Mut hat zusammennehmen müssen, um öffentlich seine Frage zu stellen oder seinen kleinen Einfall zu präsentieren – aber um genau diese Öffentlichkeit geht es ihm. Kleff versteht nicht, was er sagt, sieht aber den Führer zustimmend nicken und ebenso leise antworten, und er kann beobachten, wie sich zunächst die Erleichterung, dann das Lächeln des Triumphs auf dem Gesicht des Herrn abzeichnet. Ein Augenblick der Erfüllung, den er als Ikone von dieser Reise nach Hause tragen wird.

Dann zieht die Gruppe weiter und gibt den Blick frei auf das Bild. Auf die junge Frau in rotem Rock und weißer Bluse, die dicht davor steht und einmal ihr brünettes Haar schüttelt, bevor sie plötzlich über die rechte Schulter sieht, um Kleff anzulächeln, der damit beschäftigt ist, ihre Beine zu betrachten undsoweiter. Kleff schlägt schnell die Augen nieder und dreht sich dem großen Gemälde von Dalí an der linken Wand zu. Er wartet drei Minuten; dann hört er ihre Schritte, die sich entfernen.

# I

1 Kleff kam gerade aus dem Park nach Hause, als das Telefon klingelte. Er hatte seine halbe Stunde gehabt, in der Abenddämmerung. Lange hatte es gedauert, bis er auf den Gedanken gekommen war, seine Übungen in der wärmeren Jahreszeit im Freien zu machen. Ein anderer, der an einem Junimorgen, als Kleff den Park durchstreifte, seine Übungen unter einem Ahornbaum machte, hatte ihn darauf bringen müssen. Seitdem bemühte er sich, möglichst regelmäßig abends gegen halb sieben im Park zu sein, unter seiner Trauerweide.

Anfangs hatten ihn noch manchmal die Passanten gestört, die stehenblieben und gafften, wenn der Kranich die Flügel ausbreitete. Dann gewöhnte er sich, wie man sich eben gewöhnt an die anderen. Ein älterer Herr hatte ihn eines Tages gefragt, was er da treibe.

– Gymnastik, hatte Kleff gesagt, chinesische Gymnastik.

– Tai Chi, sagte ihm der ältere Herr auf den Kopf zu, ich habe darüber gelesen.

– Wenn Sie es so direkt beim Namen nennen, kann ich es nicht abstreiten.

– Und die Philosophie, brüllte ihn der Herr an, der offenkundig schwerhörig war, die chinesische?

– Philosophie ist auch nur Gymnastik, brüllte Kleff

zurück und nahm seine Übungen wieder auf: *Die Schöne am Webstuhl.* Der ältere Herr ging weiter, nicht ohne noch einmal geschrien zu haben: Alles Gute, junger Mann!

Schon einmal hatte ihm jemand mit der chinesischen Philosophie kommen wollen, der Meister im Tai Chi-Kurs, keineswegs ein Chinese übrigens, sondern im Hunsrück gebürtig. Die Schüler hatten gerade den gesamten Bewegungsablauf soweit gelernt, daß sie ihn ohne Stockungen beherrschten.

Hier wagte der Meister sich nun mit dem geistigen Teil hervor, um seine zahlende Kundschaft noch etwas länger an sich zu fesseln.

Kleff fand das legitim, sagte aber: *Cogito ergo sum*, und kehrte niemals wieder.

Er war nun gerade aus dem Park, wo er seine halbe Stunde in der Abenddämmerung gehabt hatte, nach Hause gekommen, als das Telefon klingelte.

– Kleff.

– Dillinger, sagte die Stimme am anderen Ende. Ich arbeite am hiesigen Museum.

Kleff hätte fragen können: Was kann ich für Sie tun?, aber Herr Dillinger würde es ihm nach einer angemessenen Pause zweifellos von sich aus sagen.

So geschah es.

– Wenn es Ihnen irgend möglich ist, möchte ich Sie bitten, noch heute abend zu mir zu kommen. Es handelt sich um einen sehr heiklen Fall.

– Man kann sich nicht irgendwo treffen, zum Essen? fragte Kleff.

Dillinger nahm die Redefigur auf. – Man sollte möglichst nicht gesehen werden.

Kleff seufzte und sah ein Essen auf Kosten seines potentiellen Auftraggebers schwinden.

– Ich wohne in der Rondorfer Straße 26, informierte ihn Dillinger.

– Immerhin, sagte Kleff. In einer Stunde bin ich bei Ihnen, früher ist es mir nicht möglich.

Man soll den Leuten nicht entgegenfliegen, war seine Devise.

Er verläßt die Ausfallstraße nach links, kurz vor dem Autobahnzubringer, und taucht sofort in die stille sanfte Welt des Reichtums ein. Ein böiger Wind zerrt an den Kronen der Bäume, die, da es schon dunkel ist, beinahe wie niedrig dahinjagende Wolkenfetzen aussehen.

Von der größeren Allee muß man noch einmal nach links in eine kleinere Straße abbiegen. Rondorfer Straße 26 ist einstöckig, mit ausgebautem Dachgeschoß. Selbst im Dunkeln kann man sehen, daß der strahlendweiße Anstrich sehr neu ist. Es handelt sich nicht um ein freistehendes Haus, sondern um eine Doppelhaushälfte. Auf dieser Straßenseite finden sich beinahe nur Reihenhäuser.

Eine Weile bleibt Kleff auf der anderen Straßenseite stehen. Kein Zweifel: ein geschmackvolles Haus. In seiner Architektur herrscht Sachlichkeit vor. Auch die sechsfach unterteilten Sprossenfenster wirken nicht verschnörkelt. Sie sind nicht alt, sondern weisen alle Vorzüge der Isolierverglasung auf. Im ersten Stockwerk der Balkon, groß genug, um mit drei oder vier Personen darauf Kaffee trinken zu können, an einem jener schönen Sommernachmittage, wie sie nur noch in solchen Vierteln zu gelingen scheinen. Das Gitter des Balkons ist ebenfalls vor kurzem neu gestrichen worden: weiß. Es ist von sehr einfacher Eleganz, ohne die schmiedeeisernen Schwünge und Schnörkel, die man in diesem Metier so häufig findet.

Während das Haus von der geraden Linie bestimmt wird, dominiert im Eingangsbereich der Bogen. Die siebenstufige Treppe, auf die Kleff sich nun langsam zubewegt, ist beiderseits von einem geschwungenen Mäuerchen flankiert, auch dieses strahlendweiß, und in die weiße Tür ist ein verglaster Rundbogen eingelassen, der wie die Fenster noch einmal durch Sprossen unterteilt ist. Soviel Weiß hat Kleff zuletzt im vergangenen Herbst in Kensington gesehen, als er wegen des Falls Kaprow für einige Tage in London war.

Er drückt auf die Klingel, deren schmales Schild in kleiner, kaum noch wahrnehmbarer Schrift den Namen Dillinger trägt. (Kleff hat ein Feuerzeug zu Hilfe nehmen und seine Augen zusammenkneifen müssen, um sich zu vergewissern, daß er an der richtigen Adresse ist.) Von innen hört er Schritte, das Licht in der Diele springt plötzlich an, hart und grellweiß, und ein Riese in einem dunkelblauen Seidenanzug reißt die Tür auf und sieht auf Kleff herunter. Das ist Dillinger.

2 – Sie haben eine Vorliebe für Weiß, sagt Kleff, als Dillinger mit dem Mineralwasser, um das er ihn gebeten hat, aus der Küche zurückkommt, und tritt von dem Bild an der Wand zurück. Auf einem Papierquadrat ist sehr fein mit Bleistift in Großbuchstaben das Wort WORD aufgemalt. Man muß sehr nah herantreten, um es lesen zu können, und das hat Kleff in Dillingers Abwesenheit getan.

– Ich wußte nicht, daß Sie der Besitzer sind, sagt er.

– Bin ich auch nicht. Ich habe es für ein paar Wochen ausgeliehen, von einem hiesigen Arzt, der verreist ist.

– Da tragen Sie ein großes Risiko.

– Wissen Sie, vielleicht hängen die Sachen hier sicherer als im Museum. Womit wir beim Thema wären.

– Das dachte ich mir, sagt Kleff und nimmt Platz. Es ist also ein Bild verschwunden. Er sieht an seinem Gastgeber vorbei bis zur Terrassentür am anderen Ende des riesigen, leeren Raums. Dahinter beginnt das Dunkel.

– So ist es, sagt Dillinger. Sie kennen vielleicht den großen Dalí im Museum, der eine ganze Wand für sich einnimmt.

Kleff nickt.

– An der Nebenwand hängt …

– … die Geistesgegenwart, unterbricht Kleff. Das habe ich mir gestern noch einmal angesehen.

– Haben Sie nicht, sagt Dillinger. Was Sie gesehen haben, ist eine sehr gut gemachte Fälschung.

Er setzt ein Lächeln auf und sieht Kleff an. Auf den Augenblick, da er diese Information weitergeben kann, hat er sich vielleicht den ganzen Tag gefreut.

– Ja, sagt Kleff, die Überraschung ist Ihnen gelungen. Ein herber Verlust für das Museum.

– Ein sehr heikler Verlust. Sie wissen vielleicht, daß das Bild in Privatbesitz ist und nur eine Leihgabe darstellt.

– Ich erinnere mich jetzt. Natürlich weiß der Eigentümer noch gar nichts von dem... Austausch, denn Sie wollen alles unternehmen, um das Bild wiederzubekommen. Dabei soll ich Ihnen helfen.

– Sie begreifen schnell.

– Aber es gibt in unserer Stadt doch eine Detektei, die auf solche Fälle spezialisiert ist.

– Die haben wir auch beauftragt, sagt Dillinger und dreht pausenlos sein Weinglas am Stiel zwischen den Fingerspitzen der rechten Hand, aber inzwischen ist nicht allein das Bild verschwunden, sondern auch der Mann, der es uns wiederbringen sollte, und das Geld, das er zu diesem Zweck bekommen hat.

– Nun wird es Zeit, sagt Kleff, daß Sie von vorn erzählen.

Es ist ganz dunkel geworden, und bis auf die beiden Männer ist der Südpark menschenleer. Kleff erinnert sich, vor Jahren einmal, an einem Sonntagnachmittag, lesend hier auf einer Bank gesessen zu haben.

– Damals waren auch nicht viel mehr Menschen hier als jetzt, sagt er.

– Das ist selten der Fall. Erstens: alle hier haben Gärten an ihren Häusern und brauchen eigentlich gar keinen Park. Zweitens: wir leben hier in einem Teil der Stadt, wo man auf Distanz hält. Hier legt sich höchstens mal eine einzelne junge Dame, die mit dem Fahrrad gekommen ist, auf die Wiese, um zu lesen, und das ist schon sehr kühn für die hiesigen Verhältnisse, weil zu intellektuell. Was haben Sie übrigens damals gelesen?

– Der Ethik dritter Teil, von Baruch de Spinoza.

– Über den Ursprung und die Natur der Affekte, ergänzt Dillinger. Wer also glaubt, daß er nach freiem Beschluß des Geistes rede oder schweige oder irgend etwas tue, der träumt mit offenen Augen.

– Jedoch, zitiert Kleff seinerseits: Wenn der Geist sich selbst und sein Tätigkeitsvermögen betrachtet, so empfindet er Lust; und um so mehr, je deutlicher er sich und sein Tätigkeitsvermögen vorstellt. Man sieht fast gar nichts mehr, fügt er hinzu.

– Das paßt zu der Geschichte, die ich Ihnen nun erzählen muß.

– Vor drei Wochen, so beginnt Dillinger, erhielten wir einen Anruf, der uns kurz und knapp darüber informierte, daß das nämliche Bild im Museum gegen eine Fälschung ausgetauscht worden sei. Man gab uns sogar einen Hinweis auf das winzige Detail, an dem ein Experte diese Fälschung erkennen könne.

– Und zwar?

– Je weniger Menschen das wissen, desto besser. Jedenfalls zogen wir einen Gutachter heran, der die Fälschung bestätigte. Die Anrufer hatten uns zunächst nicht wissen lassen, wie wir das Bild zurückerwerben könnten.

– Die Anrufer?

– Hinter einer solchen Arbeit stehen immer mehrere Personen. Zwei Tage später meldeten sie sich dann mit einem Brief, der in Luxemburg abgestempelt war, was aber nichts zu bedeuten hat. Darin nannte man uns die Lösegeldsumme, die mit 70000 DM vergleichsweise bescheiden angesetzt war. Ein vertrauenswürdiger Vermittler sollte das Geld überbringen, und wir wandten uns natürlich an die vorhin von Ihnen genannte Detektei.

– Die Polizei haben Sie nicht behelligt?

– Wir haben den Diebstahl natürlich angezeigt. Die Polizei ist aber in diesem Bereich ohnehin unterbesetzt und kann in der Regel kaum mehr tun, als die Vorfälle aufzunehmen und zu verwalten. Zum Glück, muß ich sagen. Bei solchen Bilderentführungen geht es doch vor allem darum, das Kunstwerk wiederzubekommen, nicht darum, Verbrecherjagd zu spielen. Wenn ein van Gogh für 72 Millionen DM versteigert wird, dürfen wir doch wohl guten Gewissens 70000 DM bezahlen.

– Die … Entführer sind also eher Ihre Geschäftspartner als Ihre Gegner?

– Wenn Sie so wollen. Im erweiterten Sinne könnte man sagen, daß sie in einer besonders delikaten Sparte des Kunsthandels tätig sind. Was denken Sie, wie viele Kunstwerke derzeit aus den Museen der Welt verschwunden sind, ohne daß das Publikum es weiß. Man deklariert diese Bilder dann als ausgeliehen für irgendeine Ausstellung in Sydney oder weiß der Himmel wo und hofft, sie bald wiederzubekommen.

– Ich verstehe.

– Der Mann, den die Detektei für diese kleine Aufgabe auswählte, gilt als absolut zuverlässig. Wir haben schon in einem früheren Fall mit ihm zusammengearbeitet. Er fuhr zunächst nach Brüssel, wo er um eine bestimmte Uhrzeit eine Telefonnummer anrufen und den Satz sagen sollte: Was ich gut kann, langweilt mich; was ich nicht kann, betrübt mich. Leider haben wir nicht herausgefunden, von wem das ist.

– Paul Valéry, sagt Kleff.

Dillinger bleibt nun stehen und sieht seinen Begleiter erstaunt an. Sein Begleiter glaubt jedenfalls, es handele sich um Erstaunen, auch wenn er Dillingers Gesicht kaum sehen kann, denn im Park ist es wirklich sehr dunkel: Neumond.

– Sie wissen sehr viel, sagt Dillinger und setzt sich wieder in Bewegung.

– Ein oder zwei Dinge, sagt Kleff bescheiden. Kehren wir nach Brüssel zurück.

– Ja. Unser Mann tat also, wozu man ihn in dem Brief angewiesen hatte. Er meldete sich sofort bei uns, nachdem er den Anruf getätigt hatte. Am anderen Ende der Leitung habe ihn eine Frau, der Stimme nach sehr jung, aufgefordert, weiterzufahren nach Ostende und sich dort im Hotel Louisa einzumieten.

– Endlich eine Frau in dieser Geschichte. Die Telefonnummer haben Sie?

– Sicher. Wir haben sogar mit Hilfe der deutschen Polizei und der belgischen Post schnell herausfinden können, wem der Anschluß gehört: einem gewissen Monsieur Lemaire, Physiker an der Universität. Nur weilt Monsieur Lemaire seit einem halben Jahr in London, wo er an einem College für ein Jahr einen Vertrag hat. Wir haben auch dort versucht, ihn zu erreichen, aber er ist nach Norwegen in die Ferien gefahren, und niemand weiß genau, wohin.

– Sehr verwickelt. Wie hat sich denn die junge Frau am Telefon gemeldet?

– Na, gar nicht. Mit *hallo* oder *bitte* oder so etwas. Jedenfalls fuhr unser Mann nach Ostende. Er rief uns nach der Ankunft aus dem Hotel an. Seitdem gibt es keine Verbindung mehr. Vom Hotel haben wir erfahren, daß er am nächsten Tag abgereist ist.

– Was soll ich bei der ganzen Sache? Wäre es nicht Aufgabe der Detektei, ihren verschollenen Mann aufzuspüren?

– Das versuchen sie ohnehin. Aber ich möchte jemanden haben, der unabhängiger ist. Auch soll die Detektei nicht wissen, daß ich Sie beauftragt habe.

– Sie haben es auch noch nicht getan, sagt Kleff, und Sie werden es im Dunkeln auch nicht schaffen.

Diesmal ist sich Dillinger ganz sicher, daß sein Begleiter lächelt.

– Ich sage Ihnen morgen, wie ich mich entschieden habe.

– Wann?
– Zwei Uhr mittags.
– Wo?
– Hier. Ich möchte den Park noch einmal bei Tageslicht sehen.

Linda ist verärgert, weil er sie aus dem Schlaf geklingelt hat.

– Du weißt doch, wie ich meinen Schlaf brauche, sagt sie. In meinem Beruf kann ich mir kein vergammeltes Aussehen leisten.

Linda arbeitet als Visagistin.

– Vielleicht muß ich morgen nach Brüssel und später weiter nach Ostende, sagt Kleff, ohne sich um ihre Klagen zu kümmern. Ich kann einen Auftrag bekommen, wenn ich will.

– Ist es gefährlich?

– Ich glaube nicht. Man muß nur viel suchen, weil gleich drei Dinge auf einmal verschwunden sind: Ein Mann, ein Kunstwerk und ein Lösegeld.

Linda gähnt. – Du kannst nicht hierbleiben heute nacht, sagt sie.

– Das hatte ich auch nicht vor. Kleff drückt sich vom Bettrand hoch und verläßt die Wohnung, ohne ihr einen Kuß gegeben zu haben. Linda wohnt in einer ruhigen kleinen Straße, die ihn jetzt, in der nächtlichen Beleuchtung, an ein anderes Bild des Meisters erinnert, *Das Reich der Lichter.*

Eigentlich hat er Linda von der leisen Angst erzählen wollen, die er bei diesem Auftrag empfindet, aber der gleichgültige Ton, in dem sie sich nach dem Grad der Gefahr erkundigt hat, hat diesen Impuls bei ihm getötet. So ist es fast immer, wenn er über etwas Wichtiges mit ihr sprechen möchte. Dann fällt ihm ein, daß Linda sich ihm gegenüber über das gleiche beklagt, und er muß lächeln. Sie wird schon recht haben, so, wie auch er recht hat.

Es ist spät, aber beim Türken gegenüber seiner Wohnung bekommt er noch ein Kebab. Er ist der einzige Gast.

– Wie geht's? fragt der Türke.

– Danke, sehr gut, sagt Kleff.

Im Fernseher über der Theke wird Striptease gezeigt. Die beiden Männer sehen schweigend zu. Es gibt ständig Überblendungen und viel Weichzeichner, aber man kann ahnen, daß es sich um eine sehr schöne Frau handelt: der dunkle Typ, mit Oliventeint.

– Sie zeigen nie das Letzte, sagt Kleff.

– Das wird auch noch kommen, tröstet ihn der Türke.

– Die schönste Jahreszeit, der Spätsommer, sagt Dillinger, finden Sie nicht auch?

Kleff nickt. – Ja, es ist alles nicht mehr so aufgeregt.

Sie bleiben auf den Wegen, betreten den Rasen nicht, obwohl das durchaus erlaubt ist. Heute trägt Dillinger einen hellen Leinenanzug. Er wartet; er will nicht drängen.

– Ich mache es, sagt Kleff schließlich. Worin genau besteht mein Auftrag?

– Um ehrlich zu sein, uns interessiert vor allem das Bild. Das bedeutet aber auch, den Mann aufzutreiben, der es uns wiederbringen sollte. Ich habe zu Hause ein kleines Dossier mit den wichtigsten Angaben über ihn.

– Wann ist mein Auftrag erfüllt?

– Wenn das Bild wieder da ist.

– Der Mann interessiert Sie nicht so?

– Das ist eine Sache seiner Detektei, vielleicht auch der Polizei, vielleicht sogar der Staatsanwaltschaft. Wir sind ein Museum, keine Strafverfolgungsbehörde.

– Und das Geld?

Dillinger zieht die Schultern hoch und bleibt stehen.

– Sehen Sie mal, sagt er und zeigt auf einen kleinen Sockel mit einer Bronzeplastik rechts vom Weg, beinahe etwas versteckt unter einem Gebüsch. Die Plastik stellt einen sich anschleichenden oder zum Sprung ansetzenden Jaguar dar. Kinder und Jugendliche haben sie im Lauf der Zeit mit Graffiti versehen. Man kann unter anderem das Wort *Ghetto* lesen. Die Bronze ist stark gedunkelt.

– Sieht beinahe aus wie die Kühlerfigur eines alten Jaguar, sagt Kleff.

– Ja, das dachte ich auch, als ich sie zum ersten Mal sah. So ist das mit der Kunst in diesem Teil der Stadt.

3 Der EC 22 verläßt den Hauptbahnhof morgens um acht Minuten nach neun, und weniger als zweieinhalb Stunden später ist er in Brüssel. Kleff hat bis zum nächsten Morgen mit der Abreise gewartet, nachdem er Dillinger seine Zusage gemacht hat. Abends hat er noch einmal lange draußen gesessen und einen Kaffee nach dem anderen getrunken, direkt an der Straße, und hat die Gespräche an den Nebentischen kaum verstehen können zwischen all den anfahrenden Motoren, den quietschenden Bremsen, den rhythmisch betätigten Fahrradklingeln, dem Geschnatter der vorbeiziehenden Spanierinnen, Türkinnen und Italienerinnen, die sich manchmal untergehakt haben und die ganze Breite des Trottoirs für sich in Anspruch nehmen. Es ist noch einmal sehr warm geworden an diesem Tag, und es hat nichts genutzt, draußen zu sitzen, weil die Luft stand und durch die Abgase der Autos noch dichter wurde. Zudem ist es eine häßliche Ecke, das ist ihm klar. Er weiß, daß er nicht wohnt wie Dillinger in seiner schönen Rondorfer Straße, und er gibt auch zu, daß er manchmal so wohnen möchte wie Dillinger. Gestern abend aber hat er seinen lauten, mit Gestank erfüllten Platz gegen keinen anderen auf der Welt eintauschen mögen.

Eine Weile, bevor er sich wieder auf die Passantinnen konzentrierte, hat er darüber nachgedacht, warum das Museum unbedingt das Original des Bildes wiederhaben und sich nicht mit der exzellenten Kopie begnügen wollte. Niemand hätte das bemerkt.

Aber natürlich wäre man dann erpreßbar gewesen und hätte in der Angst leben müssen, daß die Diebe in einer anonymen Mitteilung an die Presse und auch an den Besitzer den wahren Sachverhalt enthüllten. Es besteht gewissermaßen ein Zwang zum Original und zur Originalität, hat Kleff gedacht, mit dem sich gute Geschäfte machen lassen.

Natürlich kennt er die Geschichte von Hans van Meegeren und seinen Vermeerfälschungen. Wenn man es genau nimmt, hat er an diesem Abend gedacht, hat man den Mann verurteilt, weil er das Bedürfnis eines Marktes erfüllte, der nicht genug bekommen konnte von Bildern eines Malers, welcher nicht lange genug gelebt hatte, um sehr viele davon zu malen. Und nicht etwa das dumme breite Publikum ist es gewesen, hat Kleff weiter gedacht, das so geil war auf neue, unbekannte Vermeers und de Hoochs, nein, die Lordsiegelbewahrer der Kunst selber sind es gewesen.

Dann hat er sich wieder der Straße zugewandt.

Nun verläßt der EC 22 den Hauptbahnhof. Etwas ruckartig ist er angefahren; jetzt aber zieht er weich und ohne Erschütterungen nach Westen. Der Reisende hat die sündhaft teure Ledertasche einer Florentiner Firma im Gepäcknetz untergebracht und sich mit dem Rücken zur Fahrtrichtung gesetzt.

Zunächst durchquert man die Braunkohleregion; in der Ferne ist einer der Riesenbagger sichtbar, die manchmal ganze Ortschaften von der Karte tilgen.

Bei Aachen passiert man die Grenze; der erste größere Ort auf der anderen Seite ist Verviers. Der Zug schiebt sich nun durch den Großraum Lüttich. Viele tote Fabriken sieht man, zerschlagene und blinde Fenster, grasbewachsene Ruinen, wie in allen Regionen, in denen die sterbende Schwerindustrie sich auf dem Krankenbett wälzt, träumend von der großen Vergangenheit. Gebirgig ist die Landschaft, beengt, durch eine Unzahl kurzer Tunnels bohrt der Zug sich durch die Berge. Es regnet.

In Lüttich-Guillemins hält er, und ein vielleicht fünfzigjähriger Herr in einem grauen Straßenanzug nimmt dem Reisenden gegenüber Platz. Nachdem er einige Minuten die Augen geschlossen hat, entnimmt der neue Fahrgast seiner Aktentasche, die keineswegs sündhaft teuer war, ein Buch des Georges Simenon aus Lüttich und beginnt darin zu lesen, ohne einmal davon aufzublicken. Der Reisende denkt sich, daß dieser Fahrgast wohl an jedem Morgen, zumindest an den Werktagen, den Zug in Lüttich-Guillemins besteigt.

Jetzt wird die Landschaft flacher, und die Orte, die der Zug auf seinem Weg in die Hauptstadt streift, machen einen weniger heruntergekommenen Eindruck. Der Reisende holt seine Tasche aus dem Gepäcknetz und entnimmt ihr eine Klarsichthülle mit einem Dossier, obwohl er der Tasche lieber den kleinen italienischen Roman entnehmen möchte, der zu seiner Reiselektüre gehört.

Das Dossier informiert den Reisenden über den Dektekteiangestellten Michael Werner, der das Bild hatte zurückbringen sollen, nun aber seinerseits verschwunden ist. Dillinger hat das Dossier zusammengestellt, nicht sehr professionell. Einunddreißig Jahre alt ist Herr Werner, und seit fünf Jahren arbeitet er für die Detektei. Was hat er vorher gemacht? Keine Auskünfte. Verheiratet ist er nicht. Hier ist wieder eine Lücke, um die sich Dillinger nicht gekümmert hat. Freundin? Bordellbesuche? Sexuelle Vorlieben?

Aufträge im Kunstgeschäft hat Herr Werner schon öfter zur Zufriedenheit der Auftraggeber erledigt, schnell, glatt, diskret. Seine privaten wirtschaftlichen Verhältnisse sind in Ordnung; es gibt nichts Außergewöhnliches zu sagen über diesen Detektiv. Regelmäßig hält er sich in einem jener Fitneß-Center in Form, die sich in den letzten Jahren so wundersam vermehrt haben. Die Wiederkehr des Körpers, jedoch nicht des Leibes. Er bewohnt eine Mietwohnung am Nordrand der Stadt und besucht gern Spiele des American Football: das ist schon das extravaganteste Detail.

Dazu paßt das Foto, das dem Dossier beigegeben ist: ein eher schmächtig wirkender Dreißiger mit einer dunklen Hornbrille und hellbraunen Augen. Eines jener Gesichter, zu denen einem das nichtssagende Wort nichtssagend einfällt. So nichtssagend wie das Gesicht von Buddy Holly, denkt der Reisende.

Aber natürlich sagen Gesichter immer irgend etwas. Dieses hier sieht zum Beispiel nicht besonders glücklich aus. Andererseits: wer sieht schon glücklich aus auf einem Paßfoto?

Der Zug hat gehalten und sich wieder in Bewegung gesetzt, und der Reisende bemerkt beim Blick aus dem Fenster, daß er den Bahnhof von Leuven verläßt und sich auf die nördlichen Außenbezirke von Brüssel zubewegt. Dort drüben ist schon der Großmarkt, und auf der anderen Seite kann man die Häuser von Schaerbeek sehen.

Schon verlangsamt sich die Fahrt erneut, und der Reisende sieht den ihm gegenübersitzenden Fahrgast das Buch zuklappen, nachdem er es an der entsprechenden Stelle mit einem Lesezeichen versehen hat, und es in eine Aktentasche stecken. Zum ersten Mal kann er den Titel lesen, *La vérité sur Bébé Donge*, und er möchte den Mitreisenden beinahe fragen, wie ihm das Buch gefällt, denn für ihn, der es vor Jahren an einem schläfrigen Nachmittag in einem französischen Wintersportort gelesen hat, in deutscher Übersetzung natürlich, für ihn also gehört es zu den besten Büchern des Lüttichers. Aber sein Mitreisender verläßt das Abteil und wartet mit mehreren Passagieren am nächsten Ausgang, bis der Zug, der in die Gare du Nord einfährt, endgültig zum Stillstand gekommen ist.

Dann hat sich der Zug wieder in Bewegung gesetzt und ist im Untergrund verschwunden. Kaum hat er Tempo gewonnen, als er auch schon in der Gare Central erneut hält. Der Reisende, der weiß, daß der Zug noch ein drittes Mal in Brüssel halten wird, hat ihn hier verlassen und ist, nachdem er seine schöne Tasche in einem Schließfach zurückgelassen hat, ans Tageslicht emporgestiegen, um zu telefonieren.

Es ist nur ein Versuch, denn er geht davon aus, daß Monsieur Lemaire nach wie vor in London ist und die Wohnung leersteht. Ein wenig überrascht ist er schon, als sich am anderen Ende jemand meldet. Allerdings ist es nicht Monsieur Lemaire, sondern eine junge Frau, die sich mit *hallo* meldet, wie sie es, wenn es dieselbe Frau war, auch schon beim Anruf des Detekteiangestellten Michael Werner getan hat.

– Was ich gut kann, sagt Kleff, langweilt mich; was ich nicht kann, betrübt mich.

Einen Augenblick herrscht überraschtes Schweigen am anderen Ende, dann sagt die junge Frau in deutscher Sprache mit französischem (wallonischem) Akzent: – Aber die Sache ist doch längst gelaufen.

– Sie ist nicht so gelaufen, wie sich die Beteiligten das vorgestellt haben. Der junge Mann ist verschwunden, das Geld ist verschwunden, und das besagte Objekt ist auch nicht wieder aufgetaucht. Damit Sie übrigens nichts Falsches über mich denken: Ich bin nicht von der Polizei, und zu meinen ausgeprägtesten Fähigkeiten gehört die Diskretion.

Er hört dem Zögern zu, den nachdenklichen Atemzügen.

– Eigentlich habe ich kaum etwas mit dem ganzen Geschäft zu tun, sagt die junge Frau. Ich habe lediglich eine Information weitergegeben.

Jetzt ist es an Kleff, zu zögern, Zeit zu gewinnen, das Richtige zu sagen.

– Ich fühle mich etwas allein in Brüssel, sagt er schließlich. Zuweilen ist es sehr einfach, die Wahrheit auszusprechen, und die Wirkung ist erstaunlich.

– Also gut, sagt das Mädchen (denn er nennt sie jetzt für sich nicht mehr junge Frau), kommen Sie vorbei. Die Adresse kennen Sie?

– Bis gleich, sagt Kleff, ich nehme ein Taxi.

## 4

Der Taxifahrer fuhr sehr schnell auf der Strecke vom Zentrum nach Schaerbeek. Es nutzte nichts, daß Kleff ihn darauf hinwies, er habe es nicht eilig. Für den kurzen Rest der Strecke schloß Kleff die Augen, bis der Wagen in die Rue des Pensées einbog.

Die Rue des Pensées ist eine sehr kurze Straße, in der Tempo 30 vorgeschrieben ist. Zu Kleffs Überraschung hielt sich der Fahrer daran. Etwa auf der Hälfte der Straße zweigt links die Rue des Mimosas ab, in der ebenfalls Tempo 30 vorgeschrieben ist. Gleich an der Ecke steht ein weißgestrichenes Doppelhaus, in dessen rechter Hälfte, Hausnummer 97, der Maler gewohnt hat. Kleff ging einige Minuten davor hin und her. Der Eingang zu diesem Teil des Hauses schien an der Seite zu sein oder an der Rückfront. Er war unschlüssig, ob er die Pforte zum Vorgarten öffnen und nachsehen sollte, entschied sich dann dafür, das Privatleben der jetzigen Hausbewohner zu respektieren. Sicher hatte schon mancher andere Schnüffler an der Pforte gespielt, war vielleicht sogar hineingegangen. Was erwartete er? Daß der Meister, wiederauferstanden, die Haustür öffnete und ihn willkommen hieß?

An der Seitenfront registrierte Kleff zwei Holzbalkone, deren Weiß ebenso hätte erneuert werden müssen wie das der Pforte. Im Nebenhaus praktizierte ein Arzt, Abteilung Allgemeinmedizin. Fast alle Häuser der Straße hatten diese kleinen Vorgärten, diese etwas zurückgesetzte Lage mit der Bitte um Diskretion. Viele ältere Menschen schienen hier zu wohnen, Ärzte und Notare praktizierten, und eine kleine Werbeagentur hatte sich auch niedergelassen. Kleff sah keine Geschäfte, keine Restaurants, keine Cafés. Es war halb ein Uhr mittags. Der Fremde, der vor den Häusern herumschnüffelte, begann sicher schon aufzufallen, die Blicke hinter den Gardinen auf sich zu ziehen. Im übrigen wurde er in einer anderen Straße erwartet. Er bog in die Rue des Pensées ein, die keineswegs die Straße der Gedanken ist, sondern diejenige der Stiefmütterchen. Das Haus Nummer 11 liegt auf der linken Seite: ein schmaler Backsteinbau mit einem kleinen Balkon im ersten Stock. Die Haustür, bogenförmig wie bei Dillingers Haus und ebenfalls weiß, ist links an der Frontseite. Auch dieses Haus hat einen kleinen Vorgarten.

Kleff brauchte nicht auf die Klingel zu drücken, denn als er sich der Haustür auf einen Meter genähert hatte, wurde sie geöffnet, und das Mädchen mit dem roten Rock und der weißen Bluse lachte ihn an, wobei es einmal kurz sein brünettes Haar schüttelte.

– Ich hatte Sie etwas älter in Erinnerung, sagte Kleff, während er an ihr heruntersah.

– Sie haben ja nicht gewagt, richtig hinzusehen, antwortete das Mädchen. Kommen Sie herein.

Als sie den Tee auf einem Tablett ins kleine Wohnzimmer balancierte und auf dem Tischchen abstellte, mußte Kleff seiner Bewunderung die Zügel anlegen. Er bemühte sich um Aggressivität bei dem Satz:

– Es geht mich nichts an, aber ich frage mich natürlich, mit welchem Recht sie einfach ein Haus nutzen, dessen Besitzer seit einem halben Jahr im Ausland ist, und woher Sie die Schlüssel haben.

Das Mädchen setzte sich, schlug die Beine übereinander, entblößte die herrlichen Zähne zu einem Lächeln und sagte: – Es gibt kein Gesetz, das es mir verbietet, in Abwesenheit meines Vaters sein Haus zu bewohnen; vor allem, wenn er mich darum gebeten hat.

Angriff abgeschlagen, mußte Kleff feststellen; eins zu null für Mademoiselle Lemaire. Das Fräulein war vielleicht gerade mit dem Gymnasium fertig und hatte zu studieren begonnen. Die Studenten, die in der Vorlesung neben oder hinter Mademoiselle Lemaire saßen, so war Kleffs Einschätzung der Dinge, waren für diese Zeit für die Wissenschaft verloren, während sie ihrerseits der Wissenschaft mehr

Interesse entgegenbrachte als den sie umgebenden Milchbärten.

– Eine Mutter haben Sie wohl nicht? versuchte es Kleff.

– Sie fragen weiterhin nach Dingen, die Sie nichts angehen. Meine Mutter lebt in einem fernen Land, seit vielen Jahren.

Kleff wurde verbindlich. – Sie muß eine sehr schöne Frau gewesen sein.

– Sie ist es immer noch, hoffe ich. Danke für das Kompliment, auch wenn es etwas unbeholfen war. Aber Sie sind sicher nicht hierhergekommen, um sich mit mir über meine Eltern zu unterhalten.

– Nein, viel lieber würde ich mit Ihnen über den Maler plaudern, der lange Jahre hier um die Ecke gewohnt hat.

– Haben Sie sich das Haus angesehen?

– Von außen, ja.

– Von innen kenne ich es auch nicht. Man soll die Leute, die jetzt darin wohnen, in Ruhe lassen.

– Das habe ich mir auch gedacht, sagte Kleff, und bin statt dessen zu Ihnen gekommen.

Mademoiselle Lemaire nahm den Ball nicht auf. Er mußte vorerst allein weiterspielen.

– Sie studieren? fragte er.

Sie nickte. – Kunstgeschichte, Philosophie; in Leuven.

– Sie haben also ein durchaus professionelles Interesse an der Kunst?

Plötzlich fing sie zu lachen an.

– Sie brauchen es nicht so geschickt anzustellen. Ich erzähle Ihnen gern, was passiert ist, da Sie mir ja Ihre Diskretion gerühmt haben. Ein Freund von mir, der Name tut nichts zur Sache –

– Ein Student? unterbrach Kleff.

– Das tut auch nichts zur Sache. Ein Freund von mir also hat Verbindung zu Leuten, die in dieser Branche des Kunsthandels tätig sind, um die wir die ganze Zeit herumreden. Er hat mich lediglich gebeten, in diesem speziellen Geschäft, für das Sie sich interessieren, als Kontakt zu fungieren, und zwar hier in der Wohnung meines Vaters. Genauer: am Telefon meines Vaters.

Auf den Codesatz hin, den Sie ja kennen, hatte ich dem Anrufer zu sagen, er möge nach Ostende fahren und ein Zimmer im Hotel Louisa nehmen. Das ist alles.

Kleff wußte sofort, daß es nicht alles war. Hartnäkkigkeit hätte sich jedoch jetzt nicht ausgezahlt.

– Vielen Dank, sagte er, Sie haben mir geholfen.

– Wegen dieser kleinen Information hätten Sie nicht herkommen zu brauchen.

– Oh, das habe ich gern getan, beeilte sich Kleff zu versichern, beugte sich vor, um seine Teetasse abzustellen, und mußte seiner Bewunderung erneut Zügel anlegen. Sehr gern sogar, sagte er.

– Das glaube ich, sagte Mademoiselle Lemaire. Seitdem Sie hier sitzen, haben Sie mich mindestens schon fünfmal ausgezogen.

Kleff, der das nicht bestreiten konnte, suchte sein

Heil im Geständnis: – Ich habe sogar schon im Museum damit begonnen.

Ein Geständnis zur rechten Zeit. Auch Männerphantasien, schien Mademoiselle in jugendlicher Barmherzigkeit zu denken, haben zuweilen ihr Daseinsrecht. Sie erhob sich und öffnete ihre Bluse, langsam, Knopf für Knopf, wie der geneigte Leser sich wohl leicht vorzustellen vermag. Kleff erhob sich ebenfalls, und als sie mit ihrer entzückenden kleinen Arbeit fertig war, rief er nicht etwa, sondern flüsterte aufrichtig und voll Inbrunst:

– Mein Gott, was für Titten.

– Sie werden allgemein sehr geschätzt, sagte Mademoiselle Lemaire in aller Bescheidenheit.

Die Erzählung überspringt hier den Zeitraum von einer Stunde. Immerhin: eine Stunde! Alle Achtung.

## 5

– Wie noch nie, sagte Kleff auf ihre Frage, und er log nicht. Mademoiselle Lemaire lag auf dem Bauch, das Gesicht in den angewinkelten rechten Arm gedrückt. Kleff, neben ihr, streichelte ihren schönen Rücken, auf dem dunkle Pigmentflecken unregelmäßig verteilt waren. Die zugezogenen Vorhänge in ihrem ehemaligen Jungmädchenzimmer entstammten einem vergangenen Abschnitt dieses Jahrhunderts, was auch für die Tapete galt. Er war sicher, daß sie in Leuven ganz anders eingerichtet war, und wünschte sich im übrigen, sie möge sich ihm zudrehen und ihr Gesicht zeigen, damit er endlich die Farbe ihrer Augen lernen konnte. Er hatte dazu noch keine Gelegenheit gehabt, da diese Augen entweder zu nah, zu fern oder, in jenen ekstatischen Momenten *a tergo*, gar nicht sichtbar gewesen waren. Statt dessen murmelte sie eine weitere Frage, in die eine halbe Behauptung eingeschlossen war, in ihre Armbeuge.

– So simpel ist es nicht, antwortete Kleff in leichtem Protest. Keineswegs folge ich dem einfachen Motto: je größer, desto besser. Ich gestehe zwar, daß die großen mich zunächst unmittelbar ansprechen, aber da gibt es doch noch viel anderes zu bedenken. Die birnenförmigen liebe ich, zum Beispiel, besonders dann, wenn sie nicht ganz der klassischen Birnenform entsprechen, sondern etwas mehr zum Runden neigen. Dann die religiösen, die eine Tendenz nach oben zeigen, dem Himmel entgegenstreben. Andere stehen seitlich ab, brechen aus, machen Querverweise; das sind die abenteuerlichen und wissenschaftlichen. Dann die, die wie Kugeln sind, relativ klein, aber sehr fest: sie drücken Entschlossenheit und Witz aus. Manche sind zu groß für ihre kleingewachsenen Trägerinnen, und die schwere Bürde, die sie zu tragen haben, hat immer etwas Anrührendes; diese nenne ich die tragischen. Das nur als ein kleiner rhapsodischer Streifzug, die Formen betreffend, natürlich ohne Anspruch auf Vollständigkeit. Nun ist das nicht alles; auch die Feinstrukturen spielen eine Rolle. Einige haben dunkle Warzen mit riesigen hellen Höfen, bei anderen sind die Höfe fast blutrot, bei anderen klein und blaß, obwohl die Warzen selber zur gleichen Zeit eine kastanienbraune Färbung aufweisen können. Hier gibt es sehr viele mögliche Kombinationen. Ich will ehrlich sein und sagen, daß die mit den großen Höfen mich am stärksten anziehen.

– Das nur als ein kleiner rhapsodischer Streifzug, die Feinstrukturen betreffend, unterbrach ihn Mademoiselle Lemaire, die sich mit dem letzten Satz angesprochen fühlen durfte und ihr Gesicht nicht länger in der Armbeuge vergrub, sondern sich ihm zuwandte, das Gewicht ihres schönen Leibes auf den linken Ellbogen gestützt, während die rechte Hand über Kleffs Hüfte fuhr; und dieser sah nun ihre Augen, die von klassischem Grün waren, so, wie er es sich gewünscht hatte.

Sie fragte ihn nach seinem Namen, tatsächlich nach seinem Namen.

– Kleff.

– Den Vornamen, beharrte sie. Wollen wir uns denn auch in Zukunft mit Kleff und Lemaire ansprechen?

– Es gibt keine Zukunft, nehme ich an; du hast mir alles gesagt, was du weißt, oder? Und ich muß morgen weiter.

Zwei Fliegen mit einer Klappe, wenn es gelingt, dachte Kleff, ich komme um den Namen herum und kriege vielleicht doch noch etwas aus ihr heraus.

Lemaire ging zum Gegenangriff über; sie schlang

ihm die Arme um den Hals und legte ihn aufs Kreuz. – Den Namen, sagte sie.

– Kleff, versuchte es dieser noch einmal.

– Den Vornamen.

– Ich habe keinen.

– Antichrist, sagte Lemaire und begann, ihn mit ihrem ganzen Leib zu streicheln. Kleff konnte, obwohl er es in diesem Moment gern getan hätte, sein Gefallen daran nicht leugnen. Es gab jedoch einen Signifikanten, der es ausdrückte, und nachdem sie eben diesen kurz mit ihren Lippen liebkost hatte, ließ sie von ihm ab. Flehend sah Kleff sie an; panisch.

– Den Vornamen, wiederholte Lemaire.

Um die Folter zu beenden, gab Kleff klein bei: sagte ihn ihr! Das Erwartete geschah. Mademoiselle wurde zunächst nur leicht von einem glucksenden Gelächter geschüttelt, das in ein anschwellendes Lachen überging, welches nach und nach ihren ganzen Leib ergriff, in wellenförmige Erschütterungen versetzte, und bei Kleff wich die Lust ihrem Gegenteil.

Als sie sich beruhigt hatte, tröstete sie ihn.

– Ich werde dich auch in Zukunft Kleff nennen.

– Und wie darf ich dich nennen, falls es eine Zukunft gibt?

– Lucienne, sagte sie, mit ihrem Vornamen offenkundig nicht unzufrieden.

– Lucienne Lemaire, sagte Kleff: Vive l'alliteration!

– Du bist süß, fiel ihr dazu ein, und Kleff dachte: Das sagen sie alle, wenn sie einen gekränkt haben.

Als die Dämmerung sich über Schaerbeek senkte, hatten sie begonnen, den Leib-Seele-Dualismus zu erörtern, in der reinen cartesianischen Form. Gerade wollte Kleff auf die Zirbeldrüse zu sprechen kommen, als Lucienne ihm ein grünes Leuchten entgegensandte und sagte: – Du kannst nicht hierbleiben.

Kleff nickte. Es war nicht lange her, daß er den Satz das letzte Mal gehört hatte.

– Ich nehme ein Taxi, sagte er.

6 Er hat die Tasche aus dem Schließfach geholt und die Gare Central verlassen. Brüssel scheint der Sammelname für eine ewige Baustelle zu sein. Nicht zum ersten Mal fasziniert ihn, wie nah hier gelassene Schönheit und brutale Geschmacklosigkeit beieinander wohnen – und wie wenig das die Bewohner der Stadt zu stören scheint. Man weiß nie, denkt er, ob sie sich im Aufbau befindet oder gerade abgerissen werden soll.

Er ist dann in ein kleines Hotel in der Rue de la Madeleine gegangen, fünf Minuten von der Gare Central entfernt. Das Zimmer hat einen Kleiderschrank, ein Bett, einen Stuhl, und man hat tatsächlich noch eine Dusche und ein WC unterbringen können. Kleff paßt hinein in das Zimmer, aber bewegen kann er sich darin nicht.

Eine Weile hat er auf dem Bett gelegen, auf dem

Rücken, die Hände hinter dem Kopf verschränkt. Das Licht war nicht eingeschaltet, aber um irgendeine Ecke dieses verwinkelten Hinterhofs schien der Mond direkt aufs Bett. Kleff hat zunächst an die Bilder von Edward Hopper gedacht; dann sind seine Gedanken zu seinem Auftrag zurückgekehrt, und er mußte feststellen, daß er noch keinen Schritt weitergekommen war.

Immerhin ist er mit einer sehr attraktiven Neunzehnjährigen ins Bett gestiegen, einer wirklichen Schönheit, falls eine Frau mit neunzehn Jahren schon eine Schönheit sein kann. Sie muß gespürt haben, daß dies zu seinen billigen kleinen Träumen gehört, je älter er wird. Die Suche nach dem Jungbrunnen, vielleicht. Die Erfüllung des Traums ist nicht einmal enttäuschend gewesen, was ihn überrascht hat. Der Jungbrunnen war es natürlich nicht, aber für eine Stunde hat er sich doch erlöst gefühlt, wovon auch immer, und auf jeden Fall ist es ganz anders gewesen als die verbissenen Ficks mit Linda.

Ihm ist nicht klargeworden, warum sie es getan hat. Auf jeden Fall weiß er, daß sie ihm etwas verbirgt, und er ist gespannt, ob er es herausbekommen wird. Vielleicht ist es aber auch nicht wichtig.

Jetzt sitzt er in einem dieser kleinen Freßpaläste, einer dieser Galerien nicht weit von der Place de Brouckere. Um ihn herum tobt ein Lärm wie auf einem großen Bahnhof; vorhin, auf dem wirklichen Bahnhof, als er seine Tasche holte, war es wesentlich stiller. Manchen der Gäste an den Nebentischen ist die Begeisterung anzusehen, die Freude, in die sie das Essen oder allein schon das Warten darauf versetzt.

Bei ihm selber will diese Freude nicht so recht aufkommen. Es gibt keinen Zweifel, daß sein Essen gut ist und daß er unbedingt etwas essen muß, damit er bei Kräften bleibt. Schließlich hat er das Mittagessen ausfallen lassen, weil er es eilig hatte, in die Rue des Pensées zu kommen. Wußte er schon, was ihn dort erwartete?

Er kann sich nicht verhehlen, daß er sehr gern dort bis morgen früh geblieben wäre; daß er des Satzes »Du kannst nicht hierbleiben« etwas überdrüssig ist, überdrüssig der allein heruntergeschlungenen Kebabs beim Türken oder der allein genossenen Seezunge in einem Brüsseler Restaurant. Auch die Fröhlichkeit um ihn herum ist nicht gut für ihn. Gelindert wird das allein dadurch, daß er das an den Nebentischen Gesprochene bis auf einige Brocken nicht versteht, egal, ob französisch gesprochen wird oder flämisch, da die Gespräche sich überlagern und alles viel zu schnell geht, wie in einem Film in der Originalfassung, ohne Untertitel.

Später, auf dem Rückweg ins Hotel, versucht er Dillinger anzurufen, um ihm Bericht zu erstatten. Dillinger ist nicht zu Hause, oder er geht nicht ans Telefon, und eigentlich, denkt Kleff, hat er ihm auch nichts zu berichten.

Dann wählt er noch einmal die Nummer in Schaerbeek. Sie ist sofort am Apparat. Er hat erwartet, daß sie gereizt ist, wenn er anruft, oder daß sie nicht sprechen kann, weil ihr Freund da ist (der mit den Verbindungen zum speziellen Kunsthandel, bestimmt ein abgebrochener Student), aber sie ist ganz ruhig, und ihre Stimme klingt warm.

– Morgen fahre ich nach Ostende, sagt Kleff. Vielleicht kannst du mir noch ein paar touristische Tips geben.

Jetzt spielen sie wieder Versteck.

– Ein gutes Hotel, sagt sie, ist das Hotel Louisa. Gegenüber gibt es eine Kneipe, in der du mal ein Bier trinken solltest. Einer der Barkeeper heißt René, ein großer, etwas italienisch wirkender Typ (Kleff ärgert sich über seine Eifersucht, als er diesen Satz hört, aber sie ist da), der sich in Ostende gut auskennt. Wenn du ihn von mir grüßt, wird er dir sicher einiges zeigen, falls er Zeit hat.

Kleff wartet.

– Das ist alles, sagt Lucienne. Viel Glück.

Er kann nichts mehr sagen, weil sie sofort nach dem letzten Wort aufgelegt hat. Es muß sehr lange her sein, wahrscheinlich war es in seiner Schulzeit, aber er erinnert sich genau, einmal diese Sätze gelesen zu haben: »Ich würde nie jemandem ›Viel Glück!‹ nachschreien. Es klingt fürchterlich, wenn man richtig darüber nachdenkt.«

7 Nun wird das Land ganz flach, und man sieht keine verfallenen Häuser mehr. Flandern ist reich geworden. All die kleinen sogenannten sauberen Industrien haben sich hier angesiedelt. Keine rostigen Fördertürme sind zu sehen, keine Hochöfen und riesigen Werkshallen, sondern nette weiße Bauten mit Flachdächern und adretten Schildern, die besagen, daß hier Computerbausteine produziert werden oder Elektronikteile. Damit kann man viel Geld verdienen und macht sich nicht einmal schmutzig dabei, und man kann nur lächeln über all die Bergleute und Stahlwerker in der Wallonie mit ihren klobigen Händen, die nicht begreifen können, warum sie plötzlich nicht mehr gebraucht werden.

Der Zug hält in Gent, wo es zu regnen beginnt, danach in Brügge. Dort ist Kleff einmal mit Linda gewesen, an einem Sonntagnachmittag. Wie immer war die Stadt voller Touristen, von denen einige in kleine Rufe des Entzückens ausbrachen, während andere, nicht ganz zu Unrecht, die Nase rümpften. Denn die Stadt riecht nicht gut, an einigen Stellen stinkt sie sogar, und ihre Kanäle sind eher Kloaken zu nennen. Auch Linda hat die Nase gerümpft, und Kleff hat nur so getan, als störe ihn der Gestank nicht. Aber in einem Café haben sie dann wunderbares Gebäck gegessen und diesen ausgezeichneten belgischen Kaffee getrunken, den Kleff soviel besser verträgt als den deutscher Machart, und dabei haben sie sich die ganze Zeit verliebt angesehen.

Das muß sehr lange her sein.

Fünfzehn Minuten später hält der Zug ein letztes Mal: das ist Ostende. Sofort, wenn man aus der Bahnhofshalle ins Freie tritt, sieht man die großen Fähren, die nach Dover oder Folkestone auslaufen sollen. Hier regnet es nicht. Der Wind hat die Wolken ins Landesinnere getrieben und der Sonne Platz geschaffen.

Die Louisastraat ist eine ruhige Seitenstraße im Zentrum, nur wenige Minuten entfernt von den Bemühungen Ostendes, seine Gäste in Discos oder Spielhallen glücklich zu machen. Davon hört man nichts, wenn man im zweiten Stock des Hotels Louisa am Fenster des Zimmers 21 steht und auf die gegenüberliegende Kneipe hinabsieht. Draußen ist es warm geworden. Kleff hat den kleinen italienischen Roman ausgepackt und auf das Nachttischchen gelegt, als sei er zu spätsommerlichen Badeferien in die Stadt gekommen.

Das Zimmer ist fast dreimal so groß wie das in Brüssel, dafür billiger, was seine Auftraggeber freuen wird. Es gibt einen Schreibtisch und natürlich einen Fernsehapparat, mit dem man belgische, holländische, englische und deutsche Sender empfangen kann. Eine Weile spielt er daran herum – leider gibt es keine Fernbedienung –, dann geht er nach nebenan, um sich ein Bad einzulassen.

Die Kneipe gegenüber hat schon geöffnet, und er könnte direkt hinuntergehen, um nach René zu fragen. Aber er hat ein Gespür für das, was den Tageszeiten angemessen ist. Gerade ist es erst Mittag geworden, und um diese Zeit belästigt man keine Leute mit obskuren Geschichten von verschwundenen Kunstwerken. Vom professionellen Standpunkt aus ist das natürlich eine unmögliche Einstellung: Kleff verliert Zeit, und in dieser Zeit können sich weitere Spuren verwischen – vielleicht wünscht er das sogar?

Sicher hat er ein wenig Angst, Lucienne könne tiefer und schuldhafter in die ganze Angelegenheit verwickelt sein, als sie ihm erzählt hat. Das Ganze mag so lange ein Spiel sein, wie ein Bild entwendet und gegen Ablöse wieder freigegeben wird. Selbst Dillinger, der es wissen muß, hat das als eine Spielart des Geschäfts bezeichnet. Wenn es dann aber nicht klappt mit der Ablöse und der Übergabe und ein Detektiv verschwindet, hört das Spiel auf.

Entweder der Detektiv hat die Kunst geopfert und ist mit dem Geld verschwunden. Das ist moralisch nicht einwandfrei, aber Kleff wäre es die angenehmere Lösung. Wenn er bedenkt, wieviel Geld im Umlauf ist auf der Welt, mit welchen Mitteln es teilweise verdient wird, wie es manchen Menschen lediglich durch Rechtstittel zufließt, ohne daß sie irgend etwas dafür tun müssen, dann könnte Kleff eine solche Handlungsweise des Detekteiangestellten Michael Werner verstehen.

Er nennt das für sich das Buchhaltersyndrom. Jahrelang hat er größere und kleinere Summen als Vermittler von einer Partei zur anderen überbracht, als handele es sich um Monopoly-Spielgeld, und bewohnt doch immer noch seine kleine Mietwohnung am

Nordrand der Stadt. Jetzt ist es ihm zu bunt geworden. Warum 70 000 DM rausschmeißen für dieses seltsame Bild mit dem Mann, dem Fisch und dem Vogel, wo doch fast niemand weiß, daß im Museum nicht das Original, sondern die Fälschung hängt? Da kann er das Geld schon besser gebrauchen.

Dies wäre die sympathischere Lösung.

Kleff weiß natürlich, daß sich in diesem Falle die Entführer des Bildes längst gemeldet hätten und besorgt nach dem Verbleib des Vermittlers gefragt hätten. Die ganze Transaktion liegt ja nun schon zurück, und die Herren hätten sich beschwert, wenn sie noch immer auf ihrem Bild säßen und aufs Geld warteten.

Der Detekteiangestellte Michael Werner und seine Geschäftspartner haben sich also getroffen, dessen ist Kleff fast sicher. Es hat nun entweder bei der Übergabe Unstimmigkeiten gegeben – aber auch dann hätten die Entführer sich wieder gemeldet –, oder aber alles ist glattgegangen, und erst danach verliert sich die Spur von Michael Werner. In diesem Fall, der wahrscheinlicher ist, sieht Kleff den Detektiv in irgendeinem Schuppen im Hafen von Ostende liegen, oder in einem Lagerraum in Brüssel, oder in einer verlassenen Werkshalle in Lüttich, auf dem nichtssagenden Hornbrillengesicht einen erstaunten Ausdruck im Angesicht des Todes. Vielleicht treibt sein Korpus auch in der Maas oder der Schelde, dann könnte er irgendwann zum Vorschein kommen, aus dem Wasser auftauchend, so, wie Kleff jetzt langsam aus dem Schaum auftaucht, während das Badewasser abfließt.

Das wären ganz häßliche Aussichten, vor allem, wenn Lucienne etwas damit zu tun hätte.

Diesmal hat er Glück und erreicht Dillinger unter seiner Nummer im Museum. Er erzählt, was er bisher erreicht hat, unter Aussparung rein privater Details.

– Ich nehme an, dieser René wird mir zumindest sagen können, ob die Übergabe stattgefunden hat, oder er wird mir jemanden nennen können, der es mir sagen kann. Dann sind wir einen entscheidenden Schritt weiter.

– Oder auch nicht, sagt Dillinger. Wenn nämlich bis dahin alles nach Plan abgewickelt wurde, läßt sich um so weniger erklären, warum dieser Werner plötzlich verschwunden ist. Was wollen Sie dann tun?

– Ich habe so ein Gefühl, sagt Kleff, daß in dem Fall der Schlüssel in Brüssel liegt.

– In der Rue des Pensées? Schöner Name übrigens.

– Ja, aber Sie dürfen nicht an Pascal denken, sondern an Stiefmütterchen. Der flämische Name ist Penseebloemenstraat.

– Schade.

– Jedenfalls nehme ich an, daß ich dort noch einmal hin muß.

– Wie schön für Sie.

Auf Ironie ist Kleff in diesem Moment nicht gut zu sprechen.

– Ich rufe Sie wieder an, wenn es etwas Neues gibt. Es soll nicht zu teuer werden.

– Oh, machen Sie sich keine Sorgen, ich mache mir auch keine. Ihr Geld ist es nicht, und meins auch nicht. Für so etwas gibt es immer einen Fonds. Wie ist Ostende?

– Spätsommer, sagt Kleff, noch immer viel los, belgische Touristen und Engländer, die auf ihre Fähre warten. Mir gefällt es. Ich bin selbst in einer Hafenstadt groß geworden, wissen Sie.

– Na dann wünsche ich Ihnen …

– Nein, brüllt Kleff, wünschen Sie mir nicht viel Glück! Eine Unsitte ist das!

– Ich wollte Ihnen doch nur einen angenehmen Aufenthalt wünschen, sagt Dillinger mit seiner sanftesten Stimme.

Sie legen auf.

René erkennt er sofort. Er ist in der Tat ziemlich groß, dunkler Typ, latin lover. Die Eifersucht ist da, dagegen kann er nichts machen.

Er bestellt ein Bier, eins von der leichteren Sorte in dieser reichhaltigen Palette belgischer Biere.

– Ich soll Sie von Lucienne grüßen, sagt er.

Ein fragender Blick.

– Lucienne Lemaire, präzisiert Kleff, aus Brüssel.

Jetzt hat René verstanden. Natürlich, denkt Kleff, in Belgien gibt es viele Frauen, die Lucienne heißen.

– Sie sagte mir, wenn Sie Zeit haben, könnten Sie mir vielleicht ein bißchen von Ostende zeigen.

– Sind Sie ein Freund von ihr?
– Das ist wohl zuviel gesagt. Wir sind mehr fachlich verbunden. Ich bin Kunstgeschichtler, mit Schwerpunkt frühe Moderne, belgischer Surrealismus zum Beispiel.
Wieder hat René verstanden.
– Ich muß bis zehn Uhr arbeiten, sagt er. Dann kann ich eine kleine Stadtführung mit Ihnen machen.
– Ein paar Informationen vorab können Sie mir nicht geben?
– Ich habe keine. Das klingt ehrlich. – Aber ich kann Sie zu jemandem bringen, der Ihre Fragen beantworten kann – vorausgesetzt, er will es. Wo wohnen Sie?
– Gegenüber, sagt Kleff und zeigt auf das Hotel Louisa.
– Kommen Sie um zehn Uhr noch einmal rein, sagt René. Dann können wir gleich los. Es wird nicht lange dauern.

8 Tatsächlich gibt es noch ganz Mutige, die ins Wasser gehen. Wenn sie wieder herauskommen, schütteln sie sich wie nasse Hunde und beeilen sich, zu ihren Handtüchern zu kommen, wobei jeder ihrer Laufschritte eine kleine Sandfontäne aufwirbelt. Kleff verläßt die Promenade und steigt eine Treppe hinab, um zum Meer zu kommen, auf einer dieser

schmalen Molen, zwischen deren Steinen Algen wachsen.

Die These, daß das Leben, alles Leben, ursprünglich aus dem Wasser kommt, dem Meer, hat ihn immer überzeugt, und er hofft, daß es eines Tages dorthin zurückkehren, daß sich am Ende eine graue glatte Fläche über allem schließen möge, wobei diese Vorstellung nichts mit Vernichtung zu tun hat: es ist etwa so, wie man ein schlafendes Kind zudeckt oder einem Toten die Augen schließt.

Kleff kennt keine tröstlichere Vorstellung als diese.

Die Promenade gehört den kleinen Familienpulks oder gemessen einherschreitenden Müttern, die, sobald ihre Kinder mit ihren noch etwas krummen und wackligen Schritten zu weit vorausgeeilt sind, diese zu rufen beginnen, jedoch nicht ängstlich, eher um festzustellen, bis auf welche Distanz sie noch Einfluß nehmen können. Um den Liegestrand zu kennzeichnen, hat man neuerdings eine riesige Frau aus Pappmaché aufgestellt, die auf dem Rücken liegt, mit nackter Brust, direkt einer Sonnenölreklame entsprungen und kein Vergleich mit Lucienne.

Er wendet sich nach links, in eine dieser Straßen, die wieder in die Stadt hinabführen und in denen sich Hotels und Häuser mit Ferienwohnungen aneinanderdrängen. Immer hat es zu seinen Lieblingsphantasien gehört, einmal für vierzehn Tage im fortgeschrittenen November hier ein kleines Appartement zu nehmen. Um was zu tun? Um jeden Morgen, jeden

Abend am Meer entlangzugehen, als einziger vielleicht oder einer unter wenigen, und um den ganzen Nachmittag auf dem Bett zu liegen und französische Kriminalromane zu lesen, in diesen Tagen, an denen es immer etwas dunkel bleibt und die man erlebt wie im Kino.

Heute aber regiert fast noch der Sommer und die wütende Lust am Amusement. Jetzt hat er das Innere der Stadt erreicht und hört aus den offenen Spielhallen das Zusammenspiel der Töne, die die Automaten ununterbrochen von sich geben, die Musik des kommenden Jahrtausends. Schon beginnt der Abend; die Discos haben ihre Tore geöffnet; zu manchen muß man Treppen hinabsteigen, bei anderen geht es nach oben. Gedämpft hört man noch auf der Straße das Stampfen der Bässe, das neben der Musik der Spielautomaten schon fast etwas Archaisches hat, Musik aus dem sterbenden Industriezeitalter. In den Eingängen stehen paarweise junge Männer, Hände in den Hosentaschen, Rücken an die Wand gelehnt. Sie warten, daß irgend etwas passiert, obwohl sie wissen, daß nichts passieren wird, denn sie haben schon gestern gewartet und vorgestern.

Mitten durch die Fußgängerzone jagt ein Motorradfahrer mehrfach hin und her, Passanten schrecken zusammen, wenn der Motor seine volle Lautstärke erreicht; dann dreht der Fahrer ab, glücklich, seine Mitbürger erschreckt zu haben, und vielleicht, denkt Kleff, fährt er jetzt wirklich heraus aus der Stadt, ins freie Land, auf die Nebenstrecke nach Brügge, wo man auf der Landstraße wunderbar dahinjagen kann zwischen flandrischen Bäumen. Die Passanten wenden sich wieder ihren Einkäufen zu, die nie aufzuhören scheinen, und in neonrot oder neonblau erleuchteten Fenstern, über das ganze Zentrum verteilt, haben die ersten Abendhuren ihre häßlicheren Tageskolleginnen abgelöst, dezent hinter Gardinen, und ihre Tätigkeit aufgenommen: warten, daß etwas passiert.

Die Dämmerung braucht Zeit hier im Westen. Unendlich langsam gehen die Veränderungen vor sich; nach einer gewissen Zeit kann man vielleicht sagen, daß ein bestimmter Streifen Grau sich mehr dem Schwarz angenähert hat, aber dunkel geworden ist es immer noch nicht.

Viele der Vorbeiziehenden bleiben einen Augenblick vor dem Fenster stehen, um einen Blick ins Innere zu werfen oder auf die Speisekarte. Manche werden, nachdem sie einmal den ganzen Visserskaai heruntergegangen sind und viele Speisekarten gelesen haben, noch einmal wiederkommen und sich noch immer nicht für dieses Restaurant entschließen können, sondern einige Häuser weiter landen, weil sie nun endgültig müde sind, an fröhlichen Essern vorbeizuflanieren, und selber zu ihnen gehören wollen.

Die kleinen Marktstände auf der anderen Straßenseite mit frischem Fisch und kleinen Meerestieren haben für heute geschlossen. Man sieht auf den Hafen, auf das Gewirr der Schiffsaufbauten und Kräne. Man ahnt das Meer, zu dem er sich öffnet.

Er ist ganz zu Hause hier. Später hat man ihn oft an diese Geschichte erinnert. Er muß etwa fünf Jahre alt gewesen sein. Die Freunde, mit denen er gespielt hatte, waren nach Hause gegangen, als die Dämmerung kam, und er war allein weiter in den Hafenanlagen herumgelaufen, hatte sich schließlich auf ein Eisengeländer gesetzt und die Schiffe angesehen, deren Positionslampen in der Dunkelheit leuchteten. Derweil hatte seine Mutter ihren Vater alarmiert und einen Teil der Nachbarschaft; auch die Polizei wurde in Erwägung gezogen. Schließlich war er einem vorübergehenden Matrosen aufgefallen, der ihn fragte, ob er auf jemanden warte. Er hatte die Frage gar nicht verstanden, und der Matrose fragte, ob er nicht irgendwo zu Hause sei. Natürlich sei er irgendwo zu Hause, war seine Antwort; er fand die Frage ein bißchen unverschämt. Seine Eltern würden vielleicht auf ihn warten, hatte der Matrose angedeutet. Zuerst war Kleff erstaunt gewesen, dann sah er ein, daß die Vermutung des Matrosen ihre Berechtigung haben mochte. Der hatte ihn dann nach Hause gebracht. Kleffs Mutter wollte ihm unbedingt etwas anbieten, ihm etwas Gutes tun, aber der Matrose hatte abgelehnt, gesagt, man erwarte ihn auf seinem Schiff, und war gegangen.

Seine Mutter hatte zwischen Umarmungen und Schelte geschwankt, ihm klarzumachen versucht, welche Aufregung er verursacht hatte. Kleff hatte sich alles verständig angehört und zu beschreiben versucht, wie schön die Schiffe, die Masten, die Lampen seien, wenn es dunkel war.

Natürlich ist das nicht hier gewesen, sondern in einer kleineren Stadt, weiter im Norden, mit einem kleineren Hafen. Später hat man ihn oft an diese Geschichte erinnert, weil man es als seinen ersten Fluchtversuch aufgefaßt hat.

Die Kellnerin muß ihn zweimal ansprechen, bevor er reagiert und die Serviette vom Platzteller nimmt, damit sie die Suppe hinstellen kann, eine Krabbensuppe, die diesen Namen wirklich verdient.

– Entschuldigung, sagt er, ich habe geträumt.

– Schon recht, jeder muß träumen. Bon appetit, Monsieur.

Das Restaurant hat sich inzwischen ganz gefüllt, wobei höchstens die Hälfte der Gäste ortsfremd ist wie er; die anderen sind Einheimische, mit denen die Wirtin Lokaltratsch austauscht, soweit er das Flämische verstehen kann. Als er kam, gehörte er zu den ersten Gästen; die meisten Tische standen noch jungfräulich da unter ihren hübschen rosa Tischdecken, unberührt die Teller, die Servietten, die Palette der Gläser. Jetzt tobt die Schlacht, auf vielen Tischdecken sind schon Flecken, manche Servietten liegen zusammengeknüllt zwischen den Tellern; man sieht ältere Männer mit geröteten Gesichtern, in denen blaue Augen eine Mischung aus Freude und Angst ausdrükken: der Freude am Essen und Trinken und der tief weggestauten Angst, die sich aber doch Bahn bricht, daß es bald damit für immer zu Ende sein könnte.

Es kann immer schnell zu Ende gehen, denkt er;

für Michael Werner ist es schon zu Ende. In diesem Moment weiß er ganz sicher, daß der Detekteiangestellte tot ist, auch wenn ihm die Zusammenhänge noch unklar sind.

Man bringt ihm den Hauptgang; er hat Seeteufel gewählt. Hier muß man natürlich Fisch essen, schon der Name des Restaurants, *Old Fisher*, sagt es. Kleff kennt es seit langem. Es ist eines der besten der Welt.

Das muß zwölf Jahre oder länger zurückliegen. Es war nicht Linda, sondern eine frühere Freundin. Sie waren mit der Fähre aus Dover in Calais angekommen, schon spät, und dann an der französischen Kanalküste entlang nach Belgien weitergefahren: im November. In Ostende fiel ihnen ein, daß sie seit mittags nichts mehr gegessen hatten. Einen Augenblick überlegten sie sich sogar, hier zu übernachten, die lange Fahrt schreckte sie, aber sie wußten, daß sie sich das nicht leisten konnten.

Die meisten Restaurants am Visserskaai hatten bereits geschlossen, oder sie hatten gar nicht erst aufgemacht: keine Saison. Schließlich, als sie den Mut schon sinken ließen, entdeckten sie das erleuchtete Schild des *Old Fisher*, ein einsames warmes Licht im Nebel. Vorsichtig sahen sie durch die Scheiben hinein: das Restaurant gähnend leer, die Tische für den kommenden Tag schon neu eingedeckt.

Kleff wäre nicht hineingegangen, aber seine Freundin – er erinnert sich jetzt deutlich, daß sie Katharina hieß, und er sie hatte heiraten wollen – zog ihn mit.

Eine jüngere Frau mit rotblondem Haar und dem Gesicht eines Botticelli-Engels, die er später nie mehr hier gesehen hat, bediente sie, gab ihnen Ratschläge, ohne alle Ungeduld, als seien sie nicht die letzten Gäste, sondern die ersten, und obwohl sie nur schnell etwas Kleines hatten essen wollen, verzehrten sie ein vollständiges Menu. Er wird das Restaurant, auch wenn er später sehr oft unter anderen Umständen dort war, immer mit diesem nebligen Novemberabend zusammensehen, an dem der Visserskaai schon schlief, die geschlossenen Restaurants stumm die Gäste abwiesen und nur dieses eine noch bereit war, die beiden verirrten Englandreisenden zu bewirten.

Da er nah am Fenster sitzt, hört er den Schlag gegen die Scheibe als einer der ersten. Er sieht das verzerrte Gesicht des jungen Mannes, der gegen die Scheibe trommelt und dabei mit heiserer Stimme Unverständliches schreit. Ein Halbmond von Passanten hat sich schnell um ihn gebildet, in respektvollem Abstand. Einige lachen, andere sind eher verlegen, manche verängstigt. Schließlich rutscht der junge Mann langsam an der Scheibe herunter und bleibt zuckend auf dem Trottoir liegen. Einer der Passanten tritt zu ihm, versucht ihn zu beruhigen, gibt seinem Nebenmann Anweisung, vom Restaurant aus zu telefonieren. Alle haben ihr Essen vergessen und sind an die Tür oder ans Fenster gekommen, um das Schauspiel mitanzusehen. Nur wenige Minuten dauert es, bis der Krankenwagen kommt; die Menge löst sich auf; die Gäste kehren an ihre Tische zurück.

Kleff winkt der Kellnerin; er möchte die Dessertkarte.

– Nun träumen Sie bestimmt nicht mehr, sagt die Kellnerin.

Er schüttelt den Kopf.

– Aber der hat geträumt, böse geträumt, sagt sie weiter.

Er sieht sie fragend an.

– Delirium tremens.

9 Die Tür zur Kneipe steht offen. Als Kleff kommt, steht René noch hinter der Theke, damit beschäftigt, Gläser zu trocknen. Aber er nickt Kleff zu, stellt das Glas ab und sagt: – Wir können sofort los.

Er verschwindet in einen Hinterraum und kommt nach einer Minute zurück, jetzt ohne Schürze. Draußen wenden sie sich nach rechts. Nur wenige Schritte neben der Kneipe beginnt eine große unbebaute Fläche, die als Parkplatz genutzt wird. René sagt nichts, und so hat auch Kleff keine andere Wahl, als stumm hinter ihm herzutrotten. Da René jetzt einen Schlüssel aus der Tasche zieht, versteht er immerhin soviel, daß sie zu einem Auto gehen.

Es ist ein alter Renault, ein Modell, das schon seit vielen Jahren nicht mehr gebaut wird. Innen riecht es vor allem nach kalter Asche: der Aschenbecher müßte einmal geleert werden.

Sie fahren los, und für einen Augenblick hat Kleff das Gefühl, in eine Falle geraten zu sein. Dann beruhigt er sich: René ist zwar sehr schweigsam, und er sieht auch etwas grimmig aus, aber nicht wie einer dieser subalternen Gangster, die dem Privatdetektiv am Stadtrand eins über den Schädel geben und ihn dann aus dem Auto werfen. Lucienne würde ihn auch nie zu jemandem schicken, der ihn in eine Falle locken will, denkt er und lächelt, gleich danach über sein Vertrauen zu einer Frau, die er noch keine achtundvierzig Stunden kennt und über die er sehr wenig weiß.

Er versucht ein Gespräch.

– Arbeiten Sie dort aushilfsweise, in der Kneipe?

René schüttelt den Kopf: – Das ist mein Beruf.

– Und sonst?

– Was heißt: und sonst?

– Was machen Sie noch?

– Sonst gibt's nichts.

Kleff versucht es anders.

– Leben Sie schon lange in Ostende?

– Seit meinem fünften Lebensjahr.

Es ist nicht einfach, René zu schätzen; er könnte in den frühen Zwanzigern sein, aber auch älter. Mehr als dreißig Jahre gibt er ihm allerdings nicht, nein: nicht einmal dreißig.

– Und woher kennen Sie Lucienne?

Er hat die Frage nicht stellen wollen, aber sie war stärker.

René reagiert gleichmütig.

– Vom Strand. Sie hat hier Ferien gemacht, im letzten Sommer.

Jetzt müßte er, um es genau zu wissen, natürlich weiterfragen, aber der Mut verläßt ihn. Er sieht nach draußen in die Dunkelheit; er hat nicht auf den Weg geachtet. Aber es könnte die Landstraße nach Brügge sein, auf der sie sich befinden. René bestätigt ihm das auf seine Frage und sagt danach zum ersten Mal etwas, ohne gefragt worden zu sein: – Aber wir fahren nicht nach Brügge. Wir sind gleich da.

Er biegt nach links ab. Nach wenigen Minuten erreichen sie ein Dorf namens Klemskerke. René hält an einem der ersten Häuser auf der rechten Seite.

– Sie können hineingehen, sagt er, die Tür ist nicht verschlossen. Da drinnen wartet jemand auf Sie.

Kleff zögert; zum ersten Mal hat er wirklich Angst.

– Ihnen passiert nichts, sagt René. Sie haben einige Fragen, und der Mann dort drinnen hat einige Antworten. Das paßt doch gut zusammen, oder?

– Ich sehe nirgends Licht.

– Sie werden sich im Dunkeln unterhalten. Diskretion beiderseits.

Kleff zögert noch immer.

– Ich warte hier auf Sie, ermuntert ihn René. Keiner wird Ihnen etwas über den Kopf geben. Wir sind nicht im Kino.

Doch: es ist wie im Kino.

Einen Augenblick muß er im Eingang stehenbleiben, um seine Augen an das Dunkel zu gewöhnen.

Dann sieht er die Umrisse eines großen Raums, die Schemen eines Sofas, einiger Sessel, eines Tischchens. In einem der Sessel erkennt er die Gestalt eines Mannes, der zu ihm in flämischer Sprache sagt: – Setzen Sie sich bitte in den Sessel am Fenster.

Kleff folgt der Aufforderung. Der Abstand zwischen ihnen beiden ist groß, und er sieht den Mann nur im Profil.

Eine Weile herrscht Schweigen, bis Kleff verstanden hat, daß er Fragen stellen, seine Wünsche vortragen soll.

– Kann man französisch sprechen?

– Man kann.

– Eigentlich habe ich nur eine einzige Frage, sagt Kleff, als sei mehr als eine schon unverschämt. Vor zwei Wochen ist jemand aus Deutschland hierhergekommen, um ein Geschäft mit Ihnen zu machen. Ich möchte nur wissen, ob das Geschäft zustande gekommen ist.

Auf eine gewundene Frage erhält er eine klare Antwort.

– Wir haben das Geld bekommen, und wir haben das Bild dafür gegeben.

– Hier?

– Nein, auf einem Parkplatz zwischen Ostende und Blankenberge. Eine Sache von fünf Minuten.

– Und wohin ist Ihr Geschäftspartner dann gefahren?

– Keine Ahnung. Das interessierte uns auch nicht mehr. Nun bin ich an der Reihe: Warum wollen Sie das alles wissen? Was ist nicht in Ordnung?

– Er ist nicht mehr aufgetaucht, sagt Kleff. Hat die Übergabe am Tag seiner Ankunft stattgefunden oder am nächsten Tag?

– Am späten Abend seines Ankunftstages. Er war gegen Mittag im Louisa abgestiegen, wie wir ihn angewiesen hatten. Wir haben ihn ein bißchen beobachtet und dann telefonisch Treffpunkt und Zeit ausgemacht.

Kleff schweigt. Sein Gesprächspartner wird plötzlich heftig.

– Wir machen Geschäfte, aber wir haben Ihrem Mann nichts getan. Gewalt ist nicht unser Metier.

– Wer hat von Gewalt gesprochen? fragt Kleff.

– Es riecht danach, sagt der andere. Es riecht nach Mord.

Kleff kann ihm nicht widersprechen. Seit gestern abend denkt er dasselbe.

– Wer hat die Fälschung gemacht? fragt er: ein Überraschungsangriff.

– Die Audienz ist beendet, sagt der andere. René wartet auf Sie. Das ist nicht drohend gesagt, aber entschieden genug, um ernstgenommen zu werden. Kleff steht auf und tastet sich zum Ausgang. Als er an der Tür ist, sagt der andere: – Nur eins: Der Fälscher hat nicht viel mit diesem Geschäft zu tun. Wir haben ihm ein kleines Handgeld gegeben und ihn gebeten, die Kontaktaufnahme in Brüssel zu organisieren; von allem danach weiß er nichts.

– Dachte ich mir, sagte Kleff. Die Künstler werden meistens beschissen.

René fährt ihn nach Ostende zurück, so schweigsam wie auf der Hinfahrt.

– Ist das der Chef?

– Chef wovon?

– Sie wissen schon.

– Ich weiß gar nichts. Er ist ein Freund, der mir einmal sehr geholfen hat. Deshalb mache ich ab und zu kleine Erledigungen für ihn.

– Sie können mich hier absetzen, sagt Kleff, als sie das Zentrum erreicht haben. Ich möchte noch ein paar Schritte laufen.

René hält an.

– Viel Glück, sagt er, als Kleff aussteigt, und dieser fährt zusammen: schon wieder jemand, der diese gräßliche Verwünschung ausspricht. – Und grüßen Sie Lucienne, wenn Sie sie noch einmal sehen.

– Das werde ich tun, sagt Kleff.

– Sie gefällt Ihnen, die Kleine, nicht? fragt René mit ungewohnter Gesprächigkeit. Jetzt möchte Kleff zuschlagen, aber er weiß, daß er den kürzeren ziehen würde.

– Ja, sagt er etwas lahm, sie gefällt mir.

Der Hotelier ist ein junger Mann, ernst, geschäftstüchtig, um das Wohl seiner Gäste bemüht: ständig hat er den Frühstücksraum kontrolliert, ob irgend jemand etwas braucht und ob am Buffet nichts fehlt. Er bemüht sich, Kleff zu helfen, kann aber nicht viel sagen.

– Natürlich sehe ich mir meine Gäste an, aber über

den Mann kann ich Ihnen nicht viel erzählen. Er war den ganzen Nachmittag auf seinem Zimmer und hat viel telefoniert.

– Viel telefoniert?

– Sein Telefonanteil auf der Rechnung war sehr hoch. Abends ist er weggegangen, aber am nächsten Morgen, als er bezahlte, machte er nicht den Eindruck, als ob er unsolide gewesen sei. Zuviel getrunken oder so etwas, Sie wissen schon.

– Er hat Sie nicht nach irgend etwas gefragt?

– Nein.

– Nervös war er auch nicht?

– Nervös würde ich es nicht nennen, eher aufgedreht, beinahe fröhlich.

– Danke, sagt Kleff und nimmt seine Tasche. Die Sonne hat sich schon durchgekämpft; wieder wird es ein strahlender Spätsommertag werden. Gegenüber die Kneipe ist noch geschlossen. René schläft wahrscheinlich noch und geht nachher an den Strand.

## 10

Der Leihwagen ist ein nagelneuer Peugeot 405. Kleff muß einer der ersten sein, die ihn fahren. Im Innenraum riecht es noch so, als habe man gerade erst die Plastikschonbezüge von den Sitzen entfernt, und er sehnt sich nach dem Geruch kalter Asche in Renés Auto. Einmal noch ist er in Ostende am Visserskaai entlanggegangen. Die Fischstände waren schon da, die Urlauber kauften Krabben und andere Kleintiere aus dem Meer oder nahmen eines der Fischbrötchen zum zweiten Frühstück. Er selbst wäre auch gern dortgeblieben, als ein beliebiger Badegast, der seinen Morgenspaziergang macht und mittags an den Strand geht, wenn ihm auch das Wasser zu dieser Jahreszeit schon zu kalt ist. Abends wäre das Kino dran gewesen, vielleicht auch das Casino, oder er wäre einfach in seinem Appartement geblieben, um endlich mit der Lektüre des kleinen italienischen Romans zu beginnen.

Statt dessen fährt er wieder nach Brüssel, übrigens deutlich zu schnell. Davon abgesehen, daß ihm noch einige Spuren des Gebrauchs fehlen, ist es ein schönes Auto. Verglichen mit denen vor zwanzig oder dreißig Jahren, die man jetzt nur noch in alten Filmen sehen kann, ist es natürlich nicht schön. Aber in zwanzig Jahren, wenn man es in einem heute produzierten Film wiedersehen wird, wird man ins Schwärmen geraten und rufen: Das waren noch Autos, damals!

In dem Film könnte er die Hauptrolle spielen, denn was er jetzt macht, ist nur noch Kino. Da er keine Anhaltspunkte mehr hat, folgt er allein seinem Gefühl. Sein Gesprächspartner in dem Haus in Klemskerke hat die Wahrheit gesagt, dessen ist er sicher. Bis zur Übergabe des Bildes ist also alles nach Plan verlaufen. Am Nachmittag zuvor hat Michael Werner viel telefoniert, und am nächsten Morgen ist er sehr fröhlich gewesen, so hat es der Hotelier beobachtet. Die hohen Telefonkosten können nicht auf das Konto des Anrufs

Analyse

bei Dillinger gehen, dem er Bescheid gesagt hat, daß er in Ostende angekommen sei. Und wenn man einen Routineauftrag erfolgreich zu Ende geführt hat, gibt es keinen Grund, übermäßig fröhlich zu sein.

Diesmal, nachdem er jahrelang brav gewesen ist, hat er also auf eigene Rechnung arbeiten wollen. Er hat all die Summen addiert, bei denen er als Vermittler tätig gewesen ist, ohne mehr zu kassieren als sein Gehalt, und dann hat er gefunden, daß das Maß voll war. Die entsprechenden Kontakte hat er vermutlich schon vorher geknüpft. Schließlich hatte er Zeit genug, sich in den grauen Kunstmarkt einzuarbeiten.

Bis dahin ist alles noch logisches Kalkül, wenn auch auf unbewiesenen Annahmen beruhend. Danach aber gibt es keine Hinweise mehr, wohin Herr Werner sich mit dem Bild gewandt hat. Man muß also irgend etwas versuchen, und für Kleff ist ganz klar: die Spur führt zurück nach Brüssel. Lucienne weiß viel mehr, als sie ihm gesagt hat. Zumindest hat sie ihm viel verschwiegen, wenn sie ihn nicht sogar angelogen hat. Darum muß er noch einmal nach Schaerbeek in die Rue des Pensées: schnell, sehr schnell.

Sie ist überrascht und verlegen, als er plötzlich vor der Haustür steht. Im ersten Moment denkt er, sie wird ihn nicht hereinlassen. Vielleicht ist ihr Freund bei ihr, einer ihrer Freunde, und das Bett ist noch warm. Dann weist er sich zurecht: er hat keinen Grund, das Bild einer Nymphomanin von ihr zu malen – oder hätte er es selber gern so?

– Ich glaube, sagt er, als sie in Jeans und weißem T-Shirt vor ihm steht, du kannst mir helfen.

Sie sieht an ihm vorbei auf den Peugeot.

– Deiner?

– Geliehen, sagt Kleff. Darf ich reinkommen?

Sie gehen ins Wohnzimmer, wie gestern, aber diesmal bietet sie ihm keinen Tee an. Natürlich ist kein Freund da. Auf dem kleinen Schreibtisch am Fenster liegen Bücher und Papiere: die Studentin hat gearbeitet. Eines der Bücher ist aufgeschlagen und zeigt eine gute Reproduktion des Bildes *Das Grab der Ringer.*

– Wußtest du, daß er seine Bilder manchmal ganz wild datiert hat?

Kleff schüttelt den Kopf.

– Dies hier ist zum Beispiel 1960 entstanden, sagt sie, aber auf die Rückseite hat er 1944 gepinselt. Er hat die Leute gern ein bißchen verwirrt, vor allem, wenn sie Kataloge oder Werkverzeichnisse machen wollten.

Kleff kann sich von dem Bild nicht lösen. Eine riesige rote Rose füllt fast ein ganzes Zimmer aus. Gerade sieht man noch ein Stück Wand und einen Teil des Fensters, das direkt aufs Meer hinauszugehen scheint. Je länger er das Bild ansieht, desto größer scheint die Rose zu werden, wie eine blutrote Wucherung.

– Mußt du nicht zur Universität?

Er ist fast wie ein Onkel, der bei seiner Nichte zu Besuch ist.

– Es sind Ferien, belehrt sie ihn. Gestern hätte sie

bei diesem Satz noch gelächelt; jetzt wird ihre Miene noch abweisender als an der Tür. – Also, was willst du?

Sie setzen sich, und Kleff eröffnet den Angriff.

– Welchen Eindruck hattest du von Michael Werner?

– Er war etwas nervös, sagt sie, knetete dauernd seine Finger... Sie bricht ab und erschrickt.

– Er war also hier, stellt Kleff fest. Vor Ostende oder nachher?

– Vorher, sagt Lucienne so leise, daß man es kaum hören kann. Als er am Telefon den Codesatz gesagt und ich ihm die Anweisung gegeben hatte, bat er mich plötzlich um ein Gespräch. Er sagte, er könne mir ein interessantes Angebot machen, und hat mir im übrigen absolute Diskretion zugesichert, wie du auch. Das scheint eure Standardnummer zu sein.

Kleff muß lachen, trotz allem.

– Und du bist darauf eingegangen?

– Ich war neugierig. Ich hatte noch nie mit einem Detektiv zu tun gehabt.

– Das hat sich ja inzwischen gründlich geändert, sagt Kleff.

Jetzt muß sie lachen.

– Und was wollte er?

– Ich sollte einen Kurierdienst für ihn machen.

Weiter sagt sie nichts. Kleff wartet eine Minute, dann springt er auf, nimmt sie bei den Schultern, schüttelt sie und brüllt: – Weiter, und ein bißchen schneller! Das Ganze ist eine kriminelle Angelegenheit, Mademoiselle, und Sie sind darin verwickelt!

Wahrscheinlich hat es sogar einen Toten gegeben. Je mehr Sie sagen, desto besser für Sie; andernfalls handelt es sich zumindest um Begünstigung einer Straftat und Strafvereitelung.

Lucienne beginnt zu weinen, und Kleff verdreht die Augen, will ihr den Arm um die Schultern legen, aber sie stößt ihn weg. Er wünschte, er wäre nicht Detektiv und sie nicht eine kleine, wenn auch vermutlich harmlose Kriminelle, sondern sie wären einfach –

– Er hatte Kontakt zu einem privaten Sammler in Ternell, sagt Lucienne jetzt ganz ruhig, dem er das Bild verkaufen wollte, für etwa das Zehnfache des Lösegelds.

– Das wären 700 000 DM.

– Richtig. Ich sollte das Bild überbringen und kassieren. Er wollte mit dem Sammler keinen persönlichen Kontakt haben.

– Warum? Sie hatten sich doch gegenseitig in der Hand: eine Krähe und die andere.

– Ich weiß es nicht, sagt Lucienne, und das klingt ehrlich.

– Du hättest doch mit dem Bild oder dem Geld verschwinden können.

– Nein. Wir wären im Konvoi gefahren, er vorweg; ich kannte ja die Adresse nicht. Er hätte draußen gewartet, und danach hätten wir aufgeteilt und uns getrennt.

– Wieviel solltest du bekommen?

– Zehn Prozent.

– Und du hast es nicht gemacht?

– Nein, sagt Lucienne, ich hatte Angst. Warum, weiß ich nicht, das Risiko war ja eigentlich nicht hoch, aber ich hatte die ganze Zeit Angst, als er hier auf dem Sofa mir gegenübersaß wie du jetzt.

– Ist er vielleicht... zudringlich geworden? Kleff amüsiert sich im stillen darüber, daß er diese unmögliche Formulierung benutzt.

– Nein. Aber ich hatte den Eindruck, das würde kommen, wenn er noch länger hierbliebe. Vielleicht das Angebot, gemeinsam nach Brasilien zu gehen oder so etwas. Ich habe höflich abgelehnt und ihn gebeten zu gehen, was er auch getan hat.

– Wollte er denn nach Brasilien?

– Er hat nicht über seine weiteren Pläne gesprochen.

– Seitdem hast du von ihm nichts mehr gehört oder gesehen?

– Nein.

Es ist so offensichtlich, daß sie lügt, aus Angst lügt, daß Kleff Mühe hat, seine Reaktionen zu kontrollieren.

– Warum warst du eigentlich letzte Woche im Museum?

– Ich wollte mir in Ruhe die Fälschung ansehen.

– Eine Arbeit deines Studienfreundes?

Sie nickt. – Das ist doch ganz harmlos.

– Sicher, sagt Kleff, vor allem, wenn man nicht weiß, wofür man die Arbeit anfertigt. Da ist jemand, der einem ein bißchen Geld gibt dafür, na und? Mehr weiß man nicht.

– Genau so ist es, sagt Lucienne, die ihre Fassung wiedergewonnen hat. Er hat diese kleine Arbeit gemacht und ist dann in die Ferien gefahren, nach Spanien.

– Ich will gar nicht wissen, wo er ist, sagt Kleff, vorher hat er dir allerdings noch mitgeteilt, was du am Telefon nach dem bewußten Codesatz sagen solltest.

– Vielleicht hat er ein bißchen was geahnt, aber nicht den richtigen Überblick gehabt.

– Den scheint in dieser Angelegenheit keiner zu haben. Dieses Ternell, wo liegt das?

– Bei Eupen, sagt sie, ganz nah an der deutschen Grenze. Sie holt voller Eifer eine Straßenkarte, froh, etwas zu tun zu haben. – Ich habe lange gebraucht, es zu finden. Muß sehr klein sein, der Karte nach.

– Um so besser, dann ist der Heuhaufen, in dem die Stecknadel versteckt ist, nicht ganz so groß. Du weißt keinen Namen, keine Adresse?

Sie schüttelt den Kopf. – Er war vorsichtig. Eine gewisse Bauernschläue.

Das kann Kleff sich gut vorstellen. Jetzt sieht er sie neben sich stehen, mit kaum getrockneten Tränen, zitternd. Er nimmt sie in die Arme, wogegen sie sich diesmal nicht wehrt, und dann beginnt sie wieder zu weinen.

– Paß auf, sagt Kleff. Paß bloß auf.

11 Man verläßt Eupen auf der Straße nach Monschau. Zunächst geht es kräftig bergauf. Nur mit Mühe dringt die spätsommerliche Sonne durch den dichten Nadelwald beiderseits der Straße. Bald hat man eine Hochebene erreicht, einen Teil des Hohen Venns. Früher blühte der Schmuggel in dieser Gegend, mancher ist dadurch reich geworden. Die Europäische Gemeinschaft hat diesem Erwerbszweig natürlich den Boden entzogen.

Kleff bemerkte erst, daß er in Ternell gewesen war, nachdem er es schon wieder verlassen und beinahe die Grenze erreicht hatte. Er drehte und näherte sich dem Ort nun von der anderen Seite: nicht mehr als eine Ansammlung weit auseinanderliegender Häuser. Mehrere hundert Meter weiter in Richtung Eupen lagen rechts zwei Bauernhöfe, die Kleff aus seinen Überlegungen ausschied. Die Stecknadel im Heuhaufen, so hatte er es sich zurechtgelegt, mußte ein von einem reichen Privatmann bewohntes Haus sein, einem Geschäftsmann, der sich hierhin zurückgezogen hatte. Er fuhr zu dem Parkplatz gegenüber dem Wanderweg zurück, stellte seinen Wagen ab und nahm die beiden Häuser daneben in Augenschein. Eins war ein Rasthaus, das allerdings so aussah, als sei schon seit Jahren niemand mehr dort eingekehrt. Auch im angrenzenden Haus fand er keine Anzeichen von Leben.

Noch einige Zeit würde es dauern bis zur Dunkelheit. Natürlich hätte er zu den Bauernhöfen gehen und sich langsam an die Stecknadel im Heuhaufen heranfragen können. Er zog es jedoch vor, in diesem totenstillen Ort ein Unbekannter zu bleiben.

Er überquerte die Straße, studierte die Tafel, die den Wanderweg beschrieb, entschloß sich, diesem Weg eine Weile zu folgen und dann zurückzukehren, in Eupen zu essen und im Dunkeln ein weiteres Mal in den Ort zurückzukommen.

Als er den Wald wieder verließ – der Wind hatte die Tannen leicht bewegt, die dicht an dicht standen und kaum Licht durchließen, und Kleff erinnerte sich wieder daran, daß Nadelwälder ihm schon als Kind Furcht verursacht hatten –, als er den Wald wieder verließ, entdeckte er das Haus.

Natürlich hatte er es schon beim Betreten des Waldes gesehen, jedoch nicht weiter registriert, da er es für einen kleinen Stützpunkt, eine Niederlassung der Forstverwaltung gehalten hatte. Nun sah er, daß es sich um ein normales Wohnhaus handelte, gebaut aus dem grauen Basalt dieser Gegend, recht klein, eine Garage links daneben, alles ein wenig vom Waldweg abgesetzt und versteckt.

Er näherte sich vorsichtig und ging einmal ganz um das Haus herum. Nichts regte sich an den Fenstern, in die er hineinsehen konnte, da nirgends die Vorhänge zugezogen waren. Kein Zweifel, der Bewohner des Hauses war nicht da; ebenso unzweifelhaft, wie dies das gesuchte Haus war, denn im Wohnraum im Erdgeschoß, mit wenigen modernen Möbeln und viel

Geschmack ausgestattet, war gut sichtbar auf einer Fläche von einhundertsechzehn mal neunundachtzig Zentimetern die Darstellung eines Mannes in Mantel und Melone zu sehen, flankiert von einem auf einer Astgabel sitzenden Vogel und einem auf seiner Schwanzflosse stehenden Fisch, an einem Ort, der nicht genau auszumachen ist. Am Strand könnte es sein, aber ebenso in einer riesigen leeren Ebene weiter landeinwärts.

Es dauerte eine Weile, bis er sich Einlaß verschafft hatte. Glücklicherweise war eine Seite des Hauses so vor Blicken geschützt, daß er in Ruhe arbeiten konnte.

Im Inneren herrschte Ordnung. Das Erdgeschoß wurde fast ganz vom Wohnraum eingenommen. Daneben lag eine kleine Küche, die seit langer Zeit nicht mehr benutzt zu sein schien. Auf einem Tischchen neben dem Telefon fand er mehrere Briefe, Rechnungen zumeist, alle adressiert an Herrn Kaspar Guttmann. Spuren von Michael Werner fand er nicht.

Er stieg die schmale Holztreppe ins Obergeschoß hinauf, das aus einem Schlafraum und einem prächtig ausgestatteten Bad bestand: eine riesige runde Wanne, vergoldete Armaturen, ein marmornes Waschbecken, Unter- und Hängeschränke von sehr geschmackvollem Design, ein ausgeklügeltes System von Spiegeln. Kleff, der es vorgezogen hätte, sein Leben in einer solchen Wanne zu verbringen, anstatt für andere Leute der Geistesgegenwart nachzujagen, kam ins Träumen.

Schließlich kehrte er ins Erdgeschoß zurück. Zu spät fand er die Tatsache befremdlich, daß er beim Hinabsteigen durch das kleine Fenster im Zwischengeschoß vor der Garage einen Wagen hatte stehen sehen, einen prächtigen flaschengrünen Jaguar, der vorhin dort noch nicht zu sehen gewesen war. Zu spät sah er auch, im nun beginnenden Dunkel, den großen dicken Mann am Fuß der Treppe, der eine zierliche Pistole auf ihn gerichtet hielt, fast eine Damenpistole.

– Wer immer Sie sind, sagte der große dicke Mann, Sie sind mir einige Erklärungen schuldig.

– Guten Abend, Herr Guttmann, sagte Kleff.

12 Sie hatten einander gegenüber Platz genommen, Kleff auf einem Zweiersofa, Herr Guttmann in einem dazu passenden Sessel, zwischen ihnen ein kleines Glastischchen von solcher Eleganz und Fragilität, daß es kaum noch wahrzunehmen war. Angesichts des Schrecks über sein berufliches Versagen hatte Kleff sich für Whisky entschieden, den er weder mochte noch vertrug.

Herr Guttmann ließ die Hände auf seinen leicht geöffneten Schenkeln ruhen. Eine andere Art zu sitzen, war ihm vermutlich nicht möglich; Herr Guttmann bestand aus einer Unmasse von Fett. Einen Hals konnte Kleff nicht erkennen, dafür ein Doppelkinn. Die dunklen, fast schwarzen Augen lagen in tiefen

Polstern. Seine Hände, mit kurzen fetten Fingern, erinnerten an die eines Säuglings. Er trug eine weit geschnittene graue Hose von ersichtlich guter Qualität und einen blauen Kaschmirpullover mit Rollkragen, der, obwohl ebenfalls sehr weit geschnitten, seine Leibesfülle nicht verbergen konnte.

Herr Guttmann brachte mindestens das Dreifache auf die Waage wie Kleff, und dieser fragte sich, wie immer bei der Begegnung mit sehr fetten Menschen, ob er sich mit ihnen würde verständigen können, da sie die Welt doch ganz anders wahrnehmen mußten als er: sie nahmen soviel Platz darin ein, während Kleff ständig aus ihr zu verschwinden drohte!

– Das Bild haben Sie noch nicht lange? fragte er.

– Ich habe es vor kurzem erworben, sagte Herr Guttmann, zu einem stolzen Preis.

– Sind Sie Sammler?

– Nicht eigentlich. Ich halte nichts davon, mir das Haus mit Kunst vollzustopfen, die ich gar nicht angemessen präsentieren kann. Es ging mir nur um wenige ausgewählte Stücke; dies Bild war das letzte, das ich haben wollte.

Herr Guttmann nahm eine entspannte Haltung ein, ohne es an Wachsamkeit fehlen zu lassen. Für den Fettberg, der er ist, dachte Kleff, entwickelt er überraschend viel Eleganz.

– Sie wissen, fragte Kleff, daß dieses Bild aus einem Museum gestohlen wurde?

– Selbst wenn ich sagte, ich weiß es nicht, würden Sie mir nicht glauben.

– Meinen Sie nicht, es müßte dem Museum zurückgegeben werden?

Herr Guttmann seufzte.

– Warum? Glauben Sie, je mehr Leute sich das Bild ansehen können, desto mehr werde es geschätzt? Nein, mein Lieber, ich habe das Bild mehrfach im Museum zu studieren versucht. Da gab es dann gerade eine Führung durch die entsprechenden Räume, und der große Dalí nebenan wurde lautstark in seine Einzelheiten zerlegt; oder irgendein affektierter Laffe aus dem Geldadel, der seiner neuen Maitresse Eindruck machen wollte, summierte alles, was er je über Magritte gelesen und gehört hatte, oder irgendwelche widerlichen Kinder aus Schulklassen machten dumme Bemerkungen.

– Ja, gab Kleff zu, es ist schwierig, sich im Museum wirklich in ein Bild zu versenken. Aber hätten Sie sich nicht mit einer guten Reproduktion begnügen können?

– Das hätte ich getan, wenn ich nicht plötzlich dieses Angebot bekommen hätte. Damit kein Mißverständnis aufkommt: nicht ich habe den Auftrag gegeben, das Bild zu stehlen. Dann kam dieser kleine Detektiv und wollte sein Privatgeschäft machen.

– Sie mochten ihn nicht?

– Nein. Er ist eine abstoßende, schwitzende Kreatur. Glauben Sie mir, mein Lieber, ich bin zwar fett, aber Sie werden mich so gut wie nie schwitzen sehen, während er die ganze Zeit schwitzte.

– Er muß Sie aber vorher gekannt und von Ihrem Interesse gewußt haben, sonst hätte er sie nicht kontaktiert.

– Er hat mir früher schon einmal ein Angebot gemacht, das mich aber nicht interessierte. Er ist eben ein richtiger Detektiv – pardon, ich will Ihnen nicht zu nahe treten –; er hat seine Kartei im Kopf, weiß von vielen alles oder von allen vieles und denkt an nichts anderes, als seinen Vorteil daraus zu ziehen.

– Und dann haben Sie ihn umgebracht und beiseite geschafft?

Herr Guttmann lachte: ein tief unten beginnendes, japsendes, etwas kurzatmiges Lachen, das langsam die Tonleiter emporkletterte.

– Sie haben eine blühende Phantasie, mein Lieber. Warum sollte ich? Um das Geld zu sparen? Um mich unnötig in Schwierigkeiten zu bringen? Geld habe ich genug. Ich töte niemanden wegen eines Kunstwerks. Glauben Sie mir, ich bin die Sanftmut selbst.

– Er übergab Ihnen also das Bild, nahm das Geld in Empfang und fuhr wieder weg?

– So ist es.

– Wohin?

– Keine Ahnung. Wir haben nicht länger als zehn Minuten gebraucht. Wir standen nicht so zueinander, um die Konversation über das unbedingt notwendige Maß hinauszutreiben. Mit Ihnen dagegen unterhalte ich mich gern. Noch einen Whisky?

Kleff verneinte. – Der Alkohol steigt mir schon zu Kopf. Ich habe seit längerer Zeit nichts mehr gegessen.

– Ich mache Ihnen einen alkoholfreien Cocktail, sagte Herr Guttmann und verschwand in der Küche. Meine Spezialität! Übrigens gibt es ein gutes kleines

Restaurant in Eupen, das Père Bise, rief er durch die offene Tür, ich empfehle es Ihnen! Es ist noch recht neu und wird von einem jungen Ehepaar geleitet, das sich viel Mühe gibt. Ich kam gerade von da, als ich Sie überrascht habe.

Er kehrte mit den Cocktails zurück.

– Was wollen Sie tun? fragte er, während er seinen massigen Leib auf den Sessel zurückgleiten ließ. Die Herausgabe des Bildes erzwingen?

– Ich wüßte nicht, wie ich das tun sollte, sagte Kleff. Sie haben eine Waffe, ich nicht.

– Es ist sehr gut, daß Sie die Kräfteverhältnisse richtig einschätzen, mein Lieber.

– Warum gerade dieses Bild? fragte Kleff. Konnten Sie nicht eins nehmen, das in Chicago oder New York beheimatet ist? Wir wären uns dann nicht in die Quere gekommen.

– Dann hätten wir uns aber auch nicht kennengelernt. Das hätte ich sehr schade gefunden. Sehen Sie sich das Bild an. Es ist das traurigste der Welt, nicht wahr? Die Traurigkeit ist ein ziemlich sicheres Gefühl, hat Magritte geschrieben, sie – aber vielleicht kennen Sie den Text?

Kleff schüttelte den Kopf.

– Dann zitiere ich weiter: sie widersteht anderen Gefühlen und dem Verstand, der rät, die Traurigkeit zu vertreiben. Zitatende. Die Traurigkeit zu vertreiben, mein Lieber, das habe ich jahrzehntelang versucht. Ich bin nicht immer so fett gewesen – doch, doch, ich bin fett, Sie brauchen nicht Ihre Höflichkeit zu bemühen –, aber in dem Maße, in dem mein Kummer gewachsen ist, nahm auch mein Leibesumfang zu.

– Was macht Ihnen Kummer?

– Man kennt nicht den Grund seiner Traurigkeit, dann könnte man sie vielleicht vertreiben.

– Sie sind reich, Sie müssen sich keine Sorgen machen.

– Der Reichtum hat nur eine lindernde Wirkung, keine heilende. Übrigens bin ich ganz legal reich geworden, durch Geschäfte.

– Welcher Art?

– Dies und das. Die Nachkriegszeit und noch die sechziger Jahre boten einem innovativen Geist viele Möglichkeiten.

– Sie haben sich zur Ruhe gesetzt?

– Ja. Vielleicht hätte ich aktiv bleiben sollen, aber die Aktivität verursachte mir immer mehr Langeweile, wie die Ruhe übrigens auch. Es scheint, als gäbe es keine Rettung, mein Lieber.

– Sie sollten mich nicht ständig ›mein Lieber‹ nennen.

– Aber ich schätze Sie, sagte Herr Guttmann, ich schätze Sie sogar sehr; und dies waren für längere Zeit die letzten Worte, die Kleff hörte.

Mein Lieber, las er Stunden später, nachdem er sich ein Wasser aus der Küche geholt hatte, um den pelzigen Geschmack von seiner Zunge zu vertreiben, bitte glauben Sie meiner Beteuerung, daß ich die Sanftmut selber bin. Es hat mich traurig gemacht, Sie vorübergehend außer Gefecht setzen zu müssen. Sie werden jedoch keinen Schaden nehmen: im Umgang mit Barbituraten bin ich erfahren. Leider muß ich dringend verreisen, für längere Zeit. Das Bild nehme ich lieber mit, sonst wird es noch gestohlen. Es tut mir leid für Sie, daß Sie die Partie verloren haben – aber ich habe den Eindruck, Sie sind ein geübter und passionierter Verlierer. Herzlichst Ihr Guttmann.

Er hätte wenigstens ein Komma hinter das ›Herzlichst‹ setzen können, dachte Kleff. Noch unsicher auf den Beinen, sah er sich um. Das Bild und einige andere dazu waren tatsächlich verschwunden. Auch die Reihen der Bibliothek hatten sich gelichtet. Er ging nach oben. Der Schrank im Schlafzimmer war beinahe leergeräumt. Aus dem Bad waren die wichtigsten Sachen, die man für eine Reise braucht, mitgenommen worden.

Kleff sah auf die Uhr. Er mußte viele Stunden geschlafen haben; es war weit nach Mitternacht, und er war ohne Zweifel allein in einem einsamen Haus am Rande des Eupener Waldes. Langsam füllte sich die Wanne, eine prächtige Schaumschicht krönte das Wasser, und der Duft von Rosmarin breitete sich aus.

## 13

Die Hälfte der Post, die seinen Briefkasten verstopft, kann er sofort in den kleinen Drahtpapierkorb verschwinden lassen, der im Treppenhaus hängt. Außerdem gibt es Rechnungen, eine Karte von Linda, die plötzlich verreisen mußte (sie hat nicht geschrieben, wohin), Briefe von Leuten, die er kaum noch kennt, schließlich eine monatlich erscheinende Kulturzeitschrift, die er abonniert hat und die sich diesmal mit dem Erhabenen in all seinen Spielarten auseinandersetzt, während Kleff derzeit das Groteske als Thema vorziehen würde.

Da es nicht zu umgehen ist, ruft er Dillinger im Museum an. Es dauert etwas, bis man ihn telefonisch alle Stufen der Hierarchie hat durchlaufen lassen, mit den stereotyp wiederholten Fragen: Wen möchten Sie sprechen? Und in welcher Angelegenheit?

Dann ist Dillinger tatsächlich am Apparat.

– Nun, wissen Sie, wo das Bild ist?

– Ich weiß, wo es bis gestern abend war. Ich habe es sogar selbst gesehen.

– Immerhin, dann waren Sie schon sehr nah dran. Aber Ihrer Formulierung entnehme ich, daß es inzwischen bewegt worden ist.

– So ist es. Leider weiß ich nicht, wohin, da ich in den entscheidenden Momenten nicht über die nötige Geistesgegenwart verfügte. Vielmehr habe ich tief geschlafen.

Eine kurze Pause deutet an, daß es ihm gelungen ist, Dillinger zu verblüffen. Dann kommt ganz neutral die Frage: – Wir müssen also weiterjagen?

– Ja, sagt Kleff, aber wir jagen keine Bande, sondern eine Einzelperson. Eine markante Persönlichkeit, in jeder Beziehung.

– Müssen wir uns beeilen?

– Ich glaube nicht. Ich würde jetzt gern ein paar Stunden schlafen.

– Sie scheinen zur Zeit ein großes Schlafbedürfnis zu haben.

– Mein letzter Tiefschlaf war nicht so erholsam, wie Sie annehmen mögen.

– Heute abend um acht, sagt Dillinger, in der Rondorfer Straße: paßt es Ihnen?

– Gern. Ich wollte immer noch einmal Ihr Haus sehen. Es hat mir damals sehr gefallen.

Er kann den Traum nicht mehr zu einem Ganzen zusammenfügen, erinnert sich aber deutlich an einzelne Sequenzen. Offenbar hat er sich keine große Mühe gegeben, die Wirklichkeitsreste zu verschlüssen. Lucienne hat ihn mit ihren Brüsten gestreichelt, wobei sie mit gleichbleibend monotoner Stimme die Lebensdaten Magrittes aufgezählt und, als sie am Ende angekommen war, wieder von vorn begonnen hat. In einer anderen Sequenz hat Herr Guttmann, während Kleff in einem Sessel saß, sich vor ihm aufgebaut, sich halb über ihn gebeugt und immer wieder den Satz gesagt: Mein Lieber, ich schätze Sie; ich schätze Sie, mein Schatz. Dabei ist er ihm immer näher gekommen, bis Kleff schließlich nur noch sein fettes Gesicht gesehen hat, ganz nah an seinem eigenen.

Dann ist er aufgewacht; unten hat es wieder einmal ein Hupkonzert gegeben, weil beide Straßenseiten so eng zugeparkt sind, daß ein Lastwagen nicht mehr weiterkam. Er sieht zu, wie zwei Männer versuchen, mit Handzeichen den Wagen in Millimeterarbeit durch die Reihen zu manövrieren, was ihnen tatsächlich gelingt. Ein paar Minuten später geht die junge Türkin vom Modeladen an der Ecke, die seit einem Jahr die Freundin des Besitzers ist, zu ihrem neuen schwarzen Porsche, den Kleff vor drei Wochen zum ersten Mal gesehen hat. Längst ist sie nicht mehr eine kleine Verkäuferin, sondern eine erfolgreiche und attraktive Geschäftsfrau, und ihren Bewegungen sieht man ihre Zufriedenheit darüber an. Kleff sieht sie gern zu ihrem Auto gehen.

Er ist unzweifelhaft wieder zu Hause.

Als er zu Dillinger fährt, fällt ein sanfter Regen der spätsommerlichen Art, obwohl es schon Oktober geworden ist. Er beobachtet die in verschiedener Intensität angestrahlten Villen fast zärtlich. Ganz ruhig ist die Straße; in manchen Fenstern kann er das vertraute Blau des Fernsehens erkennen. Niemand hupt hier; keine Angetrunkenen unterhalten sich grölend auf der Straße; niemand läßt bei heruntergekurbeltem Seitenfenster das Autoradio auf Stadionlautstärke laufen. Lediglich ein feines, kaum hörbares Summen scheint über der Straße zu liegen, vergleichbar dem Grillenzirpen in südeuropäischen Nächten, nur tiefer im Ton.

Dillinger trägt diesmal keinen Anzug, sondern eine terracottafarbene, weich fallende Hose und einen weit geschnittenen schwarzen Pullover dazu, beides so schlicht, daß man sofort sieht, wie teuer es war. Wieder haben sie in dem großen leeren Raum Platz genommen, den Kleff als Wohnzimmer zu bezeichnen sich scheut, weil jemand wie Dillinger nicht eigentlich wohnt, sondern immer tätig ist. Er kann sich Dillinger hier zwar einen ganzen Abend lang lesend vorstellen, dabei vielleicht dann und wann Notizen machend oder Unterstreichungen vornehmend, nicht aber, womöglich mit hochgelegten Beinen, stundenlang vor dem Fernseher mit Bier und Salzgebäck.

Kleff beginnt zu erzählen, klar und übersichtlich, auch mit Detailtreue. Vielleicht hält er sich ein bißchen zu sehr mit Lucienne auf. Er hat hier eigentlich einiges im unklaren lassen wollen, aber der Zwang, über sie zu sprechen, ist stärker. Dillinger hört ihm mit entspannter Aufmerksamkeit zu, stellt nur sehr selten Fragen und beschränkt sich meistens darauf, durch einen Brummton aus der Tiefe seiner Kehle anzudeuten, daß er verstanden hat und die Erzählung fortschreiten kann. Abgesehen davon, daß Kleff nicht auf der Couch liegt, ist es wie beim Psychoanalytiker.

– Es tut mir leid, daß ich keinen Erfolg gehabt habe, sagt er zum Abschluß.

– Aber Sie haben doch Erfolg gehabt! Wir wissen, wer im Besitz des Bildes ist. Das ist jetzt eine Sache der Fahndung, und die wird über kurz oder lang fündig werden. Es hat keinen Sinn, Sie noch einmal quer durch Belgien zu schicken. Die Nummer des Jaguars haben Sie sich nicht gemerkt?

– Ich habe keine Gelegenheit gehabt, sie zu sehen.

Im übrigen nehme ich an, daß es Herrn Guttmann nicht schwerfallen wird, den Wagen zu wechseln. Er verfügt über finanzielle Mittel. Am Verbleib von Michael Werner haben Sie kein Interesse?

– Ich denke, auch das ist eine Angelegenheit polizeilicher Ermittlungen. Übrigens bin ich nicht so sicher wie Sie, daß er tot ist. Warum sollte er nicht glücklich in Südamerika gelandet sein? Dort beginnt bald der Sommer.

– Ich wünschte, es wäre so, sagt Kleff.

– Schicken Sie mir eine spezifizierte Honorarrechnung, fährt Dillinger fort, der an Michael Werner wirklich nicht viel Interesse hat. Es war angenehm, mit Ihnen zusammenzuarbeiten. Was werden Sie nun tun?

– Auf einen Auftrag, sagt Kleff, folgt erfahrungsgemäß bald der nächste.

Schritt nach vorn: *Großer Bär.* Schritt zurück: *Auf dem Tiger reiten. Den Mond drehen.* Mit zwei kurzen Fauststößen nachsetzen: *Bogen spannen, den Tiger schießen. Den Vogel beim Schwanz fassen.* Rückkehr in die Ausgangsstellung. Ende. Dann klingelt das Telefon.

– Kleff.

– Lucienne Lemaire: haucht sie.

– Welche Überraschung. Hatte ich dir meine Telefonnummer gegeben?

– Man muß kein Detektiv sein, um so etwas herauszubekommen, belehrt sie ihn. Es gibt da die internationale Auskunft. Hattest du Erfolg in Ternell?

– Relativ. Wir wissen jetzt, wer das Bild hat. Alles andere ist nicht mehr meine Sache.

Eine Pause, und da er sich hartnäckig weigert, sie zu fragen, warum sie anruft, muß sie es von selber sagen.

– Kannst du noch einmal nach Brüssel kommen? Ich möchte diesen Michael Werner finden.

– Und ich soll ihn für dich suchen?

– Ja. Es ist ein richtiger Auftrag, verstehst du?

– Das kostet was. Tagesspesen, Erfolgshonorar undsoweiter.

– Ich habe … einige Mittel.

Kleff kämpft, aber er weiß, daß er schon verloren hat. Morgen früh könnte er in die Sauna gehen oder nach Düsseldorf fahren, wo eine interessante Ausstellung eröffnet hat, oder endlich den kleinen italienischen Roman zu lesen beginnen. Andererseits, der Stimme nach zu urteilen, scheint Lucienne seine Hilfe dringend nötig zu haben. Kann er sie ihr verweigern? Außerdem hat sie grüne Augen, wie er es sich gewünscht hatte.

– Bitte, sagt Lucienne; jedenfalls interpretiert er ihr hingehauchtes Wort so, das Mühe hat, von Brüssel aus an diesem Ende der Leitung anzukommen.

– Morgen um vier bin ich bei dir, sagt er, aber versprechen kann ich nichts. Gute Nacht.

Morgen um vier bin ich bei ihr, denkt Kleff, als sie aufgelegt haben, und natürlich werde ich den Auftrag annehmen, auch wenn ich im gleichen Moment wissen werde, daß es ein schwerer Fehler ist. Wer also glaubt, daß er nach freiem Beschluß des Geistes rede oder schweige oder irgend etwas tue, der träumt mit offenen Augen.

# II

1 Die Detektei liegt in einer Einbahnstraße im Zentrum der Stadt. Nebenan ist eine Büromaschinenhandlung, gegenüber ein Computerladen, einige Häuser weiter ein kleines Hotel, in dem vor allem Geschäftsreisende übernachten.

Man hat die Räume im Erdgeschoß gemietet, in den drei Stockwerken darüber befinden sich Wohnungen. An der Tür wird angezeigt, daß die Detektei alle gängigen Kreditkarten akzeptiert. Das Schaufenster besteht fast ganz aus Milchglas, nur in der Mitte kann man durch eine Art vergrößertes Bullauge sehen oder, der Branche angemessener, durch einen überdimensionierten Spion. Der Besucher kann jedoch nicht mehr sehen als eine Pflanze, die auf der Fensterbank steht, eine Birkenfeige.

Als der Summton zu hören ist, drückt Kleff die Tür auf und nennt seinen Namen.

– Wir waren verabredet, setzt er hinzu.

Der Mann hinter dem Schreibtisch heißt Pelkau und ist der Chef der Detektei. Er nickt und wirft Kleff einen traurigen Blick zu.

– Ja, sagt er, wegen unseres schwarzen Schafes, und Kleff registriert anerkennend, daß er noch den Genitiv zu gebrauchen weiß.

Sie haben sich in den hinteren Raum zurückgezogen

und trinken Kaffee. Kleff referiert noch einmal die Geschichte, soweit sie den Angestellten der Detektei betrifft. Er kann Lucienne nicht ganz auslassen, aber er nennt nicht ihren Namen und macht ihre Rolle nicht allzu deutlich. Wenn man es genau nimmt, ist das sogar legitim: auch ihm selbst ist ihre Rolle nach wie vor nicht deutlich.

– Natürlich geht man immer ein Risiko ein, sagt Pelkau zum Schluß. Ich suche mir meine Mitarbeiter zwar sorgfältig aus, aber Garantien gibt es nicht. Wenn jemand oft als Geldbote mit großen Summen unterwegs ist, wächst die Begehrlichkeit. Deshalb habe ich meistens selbst diesen Teil des Geschäfts übernommen, aber in dem fraglichen Fall war es mir zeitlich nicht möglich.

– Mich würde interessieren, was Sie über das Privatleben von Herrn Werner wissen.

– Er lebte zwar allein, aber es gab eine kleine Clique, mit der er in seiner freien Zeit verkehrte, hauptsächlich noch Leute aus seiner Schulzeit. Harmlose Sachen, Bowling, Kino, Kneipen.

– Und wie sah es mit Frauen aus?

– Eine Freundin hatte er wohl nicht.

– In den ganzen acht Jahren nicht, in denen er bei Ihnen beschäftigt war?

– Soweit ich es beurteilen kann: nein. Ich nehme an, daß er von Zeit zu Zeit zu Prostituierten gegangen ist.

– Das kostet Geld.

– Ich bezahle ja auch nicht schlecht. Seine finanziellen Verhältnisse waren in Ordnung, wenn er auch nicht in Geld schwamm.

– Wo lagen seine Fähigkeiten?

– Erstklassiges Gedächtnis. Systematischer Arbeiter. Ausdauer, Hartnäckigkeit.

– Warum haben Sie gerade ihn mit dem Belgien-Auftrag betreut?

– Er war unser Experte für den grauen Kunstmarkt. Sie dürfen nicht vergessen, daß wir auch noch andere Sachen machen, Schutz von Firmen, untreue Ehemänner und Ehefrauen, eben alles, was in unserer Branche so anfällt.

– Ich kann mir gar nicht vorstellen, sagt Kleff, daß er für Kunst Interesse aufbrachte. Aber das ist vielleicht ungerecht.

– Ist es nicht. Für Kunst hatte er tatsächlich kein Verständnis, aber er kannte den Wert der Objekte und den grauen Kunstmarkt. Er hat sich eingearbeitet und hatte quasi seine Kartei im Kopf.

Diesen Satz, denkt Kleff, habe ich vor kurzem schon einmal gehört. Von wem? Ach ja, der sanfte Herr Guttmann.

– Das bringt natürlich immer die Gefahr, schließt Pelkau ab, daß jemand auf eigene Rechnung arbeitet. Ab einem bestimmten Punkt sind Experten nicht mehr kontrollierbar.

– Was denken Sie, wo er jetzt ist?

Pelkau zuckt die Schultern. – Ich weiß, Sie halten ihn für tot und sehen ihn in einem Fluß schwimmen, aber es ist ebensogut möglich, daß er erfolgreich untergetaucht ist. Vielleicht bekommen wir bald ein Kärtchen aus Rio.

– Werden Sie jemanden auf seine Spur ansetzen?

– Dafür haben wir einfach nicht genug Mitarbeiter. Wir müssen das der Polizei übergeben. Dieses Mädchen, wo er war, können Sie mir die Adresse nennen?

Kleff schüttelt den Kopf.

– Die Dame ist seit gestern meine Mandantin, lügt er.

– In welcher Angelegenheit?

– Sie wissen doch selbst, daß ich Ihnen das nicht sagen werde. Ich habe Ihnen schon sehr viel erzählt, weil ich fand, Sie hätten ein Recht darauf, aber nun dürfen Sie nicht weiter in mich dringen. Außerdem muß ich Sie bitten, meinen Namen gegenüber der Polizei nicht zu erwähnen. Schließlich ist es nicht wichtig, von wem Sie Ihre Informationen erhalten haben.

Pelkau versteht: dies ist ein Gespräch unter Kollegen.

– Ich wünschte, ich müßte ihn gar nicht suchen lassen, sagt er. Aber als sein Arbeitgeber bin ich wohl dazu verpflichtet. Solche Probleme haben Sie nicht, als Solitär.

– Dafür andere, sagt Kleff.

2 Diesmal hat er sein eigenes Auto genommen, einen ebenfalls schon älteren Renault, aber nicht so alt wie der von René, immerhin ein Modell, das noch gebaut wird.

Wenn er durchfährt, wird er viel zu früh bei Lucienne sein. Das macht keinen guten Eindruck, wenn man zugleich den blasierten Detektiv spielen möchte, der sich noch gründlich überlegen muß, ob er den Auftrag annimmt.

Eine Verzögerung könnte er einbauen, indem er die Autobahn verläßt und eine Weile parallel zu ihr auf der alten N 3 fährt. Der Weg führt durch die Vororte von Lüttich: eine endlose Reihe größerer Straßendörfer und Arbeitervororte, mit Supermärkten, Videoshops, Fahrradhandlungen, kleinen Reparaturwerkstätten, mit der Charcuterie, der Boulangerie, dem kleinen Computerladen, alles in bunter Reihenfolge, endlos die Straße entlang. Wo Battice aufhört, fängt gleich Herve an, und immer ist die Richtung Liège ausgeschildert: denn hier ist es mindestens so französisch wie im Departement Nord oder im Pas-de-Calais, und zum ersten Mal fällt ihm auf, wieviel Imperialismus darin liegt, ausgerechnet eine Stadt wie Liège durch den deutschen Namen Lüttich zu okkupieren.

Vom gestrigen Regen ist nichts mehr zu spüren; wolkenlos ist der Himmel, und eine kräftige Oktobersonne beleuchtet die Relikte der einstmals blühenden Schwerindustrie. Es ist Mittag geworden; aus den Supermärkten sieht er Hausfrauen mit prall gefüllten Einkaufstaschen kommen, in Eile, da es ans Kochen geht. Viele von ihnen tragen Wasserstoffblond, das hier derzeit in Mode zu sein scheint, und bei manchen paßt diese Farbe überhaupt nicht zu der ihrer Augen und ihrer Haut, weil sie eigentlich der dunklere französische Typ sind. Eine noch junge Frau, nicht wasserstoffgefärbt, sondern mit dichtem dunkelbraunen Haar, kommt aus der Charcuterie, und als Kleff die hängenden Schultern und den kleinen Bluterguß unter dem rechten Arm sieht, kennt er sofort die Geschichte. Sie wird nach Hause zurückkehren, zu dem arbeitslosen Säufer, der sie in regelmäßigen Abständen verprügelt, um dann wieder so charmant, so liebevoll zu sein, daß sie ihn nicht verlassen kann – was sie gleichwohl eines Tages tun wird, um den Preis des Überlebens, in zwei Jahren oder in fünf.

Auf der rechten Straßenseite ducken sich Jean und André, so nennt er sie, beide Mitte zwanzig, unter eine geöffnete Motorhaube, beugen sich über den Motor, mit einer Faszination und Hingabe, die Klett nur einer Geliebten entgegenbringen würde.

Ein Schild sagt ihm, daß er nun in Liège ist, wenn sich auch am Charakter der Siedlungen, durch die er fährt, vorerst nichts ändert, nur daß sie noch dichter geworden sind. Weiter stadteinwärts stellt er seinen Renault an einer unmöglichen Stelle ab, weil es keine mögliche mehr gibt, und freut sich an der Oktobersonne. An der nächsten Ecke kauft er eine lokale Zeitung, und ihm fällt sogar ein, daß er Hunger hat: er muß sich zwingen, wieder regelmäßig und genug zu essen. Die kleinen

Restaurants sind gut besucht um diese Zeit. Schließlich findet er einen Platz in der etwas dunklen Ecke eines kleinen Bistros, in dem jeweils nur ein Tagesgericht angeboten wird, heute: Rognon de veau à la liègoise. Dazu bestellt er Rotwein, obwohl er gerade heute einen klaren Kopf bewahren sollte. Lucienne wird ihn ohnehin einwickeln, aber wenn er jetzt zu trinken beginnt, wird sie es noch leichter haben.

Das Restaurant liegt am Fuß einer leicht hügelaufwärts führenden Straße, die sehr geschäftig ist. Er beschließt, sich nachher den Straßennamen einzuprägen, was er aber vergessen wird. Um ihn herum ist es sehr laut. Die Diskussionen, die geführt werden, sind wirklich erregt: diesmal ist es nicht der übliche Effekt, daß sie sich für Ohren, die eine andere Sprache gewöhnt sind, nur so anhören. Kleff schlägt die Zeitung auf. Jetzt erinnert er sich. Vor kurzem gab es diese Auseinandersetzungen auf den Straßen der Stadt, und es ging nicht, wie sonst in diesem Land, um den Sprachenstreit. Die Stadtverwaltung von Liège ist pleite, und sie hat es ihren Angestellten sagen müssen und zum Teil die Gehälter nicht mehr auszahlen können. Jahrelang hat sie immer neue Projekte gestartet, um Menschen zu beschäftigen und die Arbeitslosigkeit in erträglichem Rahmen zu halten, aber diese Projekte haben sehr viel Geld gekostet, das nun fehlt. Die Zentralregierung in Brüssel weigert sich, der Stadt noch einmal zu helfen, wie sie es früher mehrfach getan hat, und das Kartenhaus ist zusammengestürzt. Einzelnen Gesprächsfetzen kann er entnehmen, daß es um dieses Thema geht, und es wird mit Leidenschaft erörtert. Man schreit sich beinahe an, aber dennoch hat Kleff den Eindruck, daß alle sich einig sind: so könne man nicht mit ihnen umgehen.

Als sein Essen kommt, hat sich das Restaurant schon reichlich geleert, denn er ist spät dran. Binnen kurzer Zeit ist er mit dem Wirt allein. Jetzt erst bemerkt er das große gerahmte Foto an der Wand gegenüber seinem Platz, auf dem ein schöner alter Mann zu sehen ist, mit langem schwarzen Haar, wenn auch etwas gelichtet, und mit riesigen dunklen Augen. Beim Bezahlen deutet er auf das Bild und fragt den Wirt:

– Ihr Vater, Ihr Großvater?

Der Wirt lächelt.

– Nein. Der Alte war Stammgast hier, der treueste überhaupt. Das Foto hat er mir einmal geschenkt. Er hielt sich für einen Dichter, aber ich glaube, er hat nie auch nur einen Centime damit verdient. Er kam jeden Mittag zum Essen und trank abends seinen Wein, in Maßen übrigens, ein Säufer war er nicht. Uns ist nie klargeworden, wovon er eigentlich lebte. Reich war er nicht, aber er hat hier auch nie Schulden machen müssen. Vor fünf Jahren kam er mit dem Foto. Er sagte: Du wirst sehen, eines Tages werde ich berühmt sein, und für dich ist es dann eine Ehre, wenn mein Foto in deinem Restaurant hängt und du sagen kannst: Er hat jeden Tag bei mir gegessen. Vor zwei Jahren ist er dann gestorben.

– Ich nehme an, es gibt keine Bücher von ihm, sagt Kleff.

– Es gibt einen Band mit Gedichten, den er auf eigene Kosten hat drucken lassen, fünfhundert Exemplare. Davon sind etwa vierzig verkauft worden, meistens an Freunde.

– Sie haben auch eins?

– Ich habe ihm gleich zehn abgenommen. Warten Sie.

Nach zwei Minuten ist er wieder da.

– Hier, ich schenke es Ihnen.

Kleff bedankt sich und nimmt das Buch, ohne es anzusehen. Das möchte er in einem unbeobachteten Moment tun.

– Ja, sagt er, ich muß weiter.

– Wo geht es hin?

– Nach Brüssel.

Der Wirt verzieht das Gesicht. – Ja, die Geschäfte macht man heute in Brüssel.

– Ich fahre nicht wegen der Geschäfte nach Brüssel, sondern der Liebe wegen.

Das Gesicht des Wirts verändert sich. – Oh, das ist etwas anderes. Dann wünsche ich Ihnen nur das Beste. Obwohl, Sie sollten wissen: auch in unserer Stadt gibt es sehr schöne Frauen.

– Daran habe ich keinen Zweifel, sagt Kleff.

Das Auto steht noch an der unmöglichen Stelle, unversehrt. Der Weg zur Autobahn nach Brüssel ist gut ausgeschildert. Das Buch hat er auf den Rücksitz gelegt. Er schüttelt den Kopf über den Unsinn, den er eben erzählt hat: der Liebe wegen!

3 Wieder hat nichts in den Zeitungen gestanden. Sie ist ganz sicher, nichts übersehen zu haben. Ihre Sorgfalt bei der Durchsicht der einschlägigen Blätter hat nicht nachgelassen. Ein angetrunkener Mann, 50 Jahre alt, alleinstehend, ist beim Überqueren der Avenue Louisa angefahren und schwer verletzt worden. In einem Juwelierladen in der Rue Grétry ist ein Einbruchsversuch gescheitert. Zwar war den potentiellen Dieben problemlos der Einstieg gelungen, dann hatten sie aber doch die Alarmanlage ausgelöst und waren geflüchtet, wobei einer von ihnen seine Geldbörse mit Scheckkarte verloren und so eine veritable Spur hinterlassen hat: Dilettanten. In einer Kneipe in Jette hat es eine größere Schlägerei zwischen Jugoslawen gegeben, die über einige Dinge verschiedener Ansicht waren. Einer mußte mit Stichwunden ins Krankenhaus eingeliefert werden, wird aber weiterleben. Das ist alles.

Sie taucht das letzte Stück Croissant in den Kaffee. Darf sie zufrieden sein, aufatmen? Wenn sie ihre Gefühle an der Logik orientiert, ja: no news are good news. Da ihr das aber nicht gelingt, wartet sie jeden Morgen insgeheim darauf, die kurze Notiz in den Zeitungen zu finden, etwa so, wie man sehnsüchtig auf einen Brief wartet, von dem man gleichwohl weiß, daß sein Inhalt einen Schock bedeuten wird. Sie würde erschrecken, zugleich aber auch sehr erleichtert sein.

Es ist kurz nach zehn an einem Oktobermorgen, und die Rue des Pensées ist so ruhig wie immer um diese Zeit. Die Familienväter sind zu ihren Arbeitsplätzen gefahren; ihre Frauen wischen gerade das Spülbecken mit einem äußerst wirksamen, eventuell aber zugleich umweltschonenden Reinigungsmittel aus; die Kinder sind in der Schule. Lucienne wird an den Schreibtisch gehen, wie beinahe jeden Morgen, seitdem sie ihres Vaters Wohnung hütet, und mit einer längeren Hausarbeit weitermachen. Husserl, die vierte cartesianische Meditation: Die konstitutiven Probleme des transzendentalen Ego. Nicht sehr aufregend, aber redlich. Um ihn kommt man nicht herum, wenn man in Leuven Philosophie studiert.

Bis der deutsche Detektiv mit dem unaussprechlichen Vornamen kommt, hat sie noch fast sechs Stunden Zeit. Bestimmt ist es richtig, ihn mit der Suche nach diesem anderen Detektiv zu beauftragen. Sie könnte den Grund nicht angeben, aber sie fühlt sich und André allein dadurch geschützt, daß sie diesen Auftrag vergibt. Deshalb muß sie alles daransetzen, daß Kleff ihn annimmt.

Was sie an ihm mag, ist das Ungeschick, mit dem er manchmal seine Rolle spielt, ein Ungeschick, von dem sie sich sogar fragt, ob es nicht berechnet ist, weil es unmittelbar den Impuls provoziert, ihm zu helfen: es ist gleichsam eine Spielart von Charme. Im übrigen mag sie natürlich auch seine braunen Augen – sie hätte so gern selber welche! – und seine Pianistenfinger. Er kann bestimmt nicht Klavier spielen, aber seine Finger sehen so aus. Überhaupt liebt sie seine etwas zerbrechliche Erscheinung, und seine Haare verlocken dazu, hineinzugreifen. Daß sie mit ihm ins Bett gegangen ist, war durchaus keine Berechnung, sondern entsprang dem Begehren. Da hat sie sich nichts vorzuwerfen: sie hat ihn nicht betrogen.

Allerdings lauert hier ein Problem. Kleff gehört deutlich zu dem Typus, der zunächst nur mit ihr ins Bett will, sich dann aber sofort rettungslos verliebt. Sie fürchtet, daß das schon geschehen ist. Seine Augen, als sie ihn in sein Hotel zurückgeschickt hat, haben klar genug gesprochen. Das macht die Dinge komplizierter: der Beginn aller Schrecken ist Liebe. Viele Männer sind leider hoffnungslos romantisch: sie brauchen nur ein Paar schöner Titten zu sehen, schon glauben sie, die Lösung aller Welträtsel in der Hand zu haben. (Die Verbteile dieser beiden Sätze sind austauschbar: denkt sie.) Außerdem wird sie eventuell in die Verlegenheit kommen, ihm weh tun zu müssen, was sie nicht möchte.

Auf dem Weg zum Schreibtisch tritt sie noch einmal vor den Spiegel, wie jeden Morgen. Kein Zweifel: sie hat nicht nur die Schönheit ihrer Mutter geerbt, sondern noch einen Überschuß dazu, und vielleicht auch ihren Hang zum Abenteuer.

Vom Schreibtisch aus kann sie auf die Rue des Pensées sehen, auf der nichts geschieht, wie jeden Morgen. Resigniert wendet sie sich dem Paragraphen 25 zu: Wirklichkeit und Quasi-Wirklichkeit.

4 Südamerika ist immer das erste, woran sie denken. Rio ist so ein Topos, Buenos Aires, vielleicht auch noch Montevideo. Zuerst, dachte Herr Guttmann, werden sie die Flughäfen und die Grenzen überwachen, sobald die Fahndung angelaufen ist: und das kann schon geschehen sein. Dieser deutsche Detektiv – schade, daß ich das Gespräch mit ihm abbrechen mußte! – wird nach dem Erwachen zu seinem Auftraggeber zurückgekehrt sein, und anschließend begann die Maschine zu laufen. Hoffentlich hat man ihn nicht zu sehr ausgeschimpft.

Natürlich wird man die Fahndung verdeckt führen. Keine Fotos werden aushängen, nichts wird in den Zeitungen stehen: damit ich nicht durchdrehe. Schließlich bin ich im Besitz des Bildes, und man wird mich behandeln wie ein rohes Ei. Nicht auszudenken, ich wäre ein Verrückter! Kaum merke ich, daß ich verfolgt werde, schon nehme ich mein Schweizer Offiziersmesser und: ritsch ratsch! Das ist die Mentalität dieser Leute: jemand, der auf etwas undurchsichtige Weise ein Bild erwirbt, ist ihnen nicht etwa ein Liebhaber von Kunst, sondern muß im Gegenteil einen pathologischen Haß auf sie haben. Als sei ich, Kaspar Guttmann, jemals in der Lage, das traurigste Bild der Welt zu zerstören!

Man wird also nicht nach mir fahnden: man wird nach mir suchen. Zunächst wird das Haus durchwühlt, dies ist vielleicht schon geschehen oder geschieht gerade. Sie werden in den Sachen wühlen, die ich zurückgelassen habe, sie werden meine Fläschchen mit Badeölen betatschen! Sie werden schreien vor Wut, daß alle Schubladen leergeräumt sind, daß nichts Schriftliches auffindbar ist. In den Büchern, die ich zurückgelassen habe, werden sie herumwühlen, mit ihren Fingern, die für Bücher nicht gemacht sind. Mit beiden Daumen werden sie zunächst das Buch in der Mitte aufreißen und es dann schütteln, um zu sehen, ob nicht ein Zettel herausfällt, ein Brief, eine Fahrkarte, und diese obszöne Geste werden sie hundertfach wiederholen. Selbstverständlich wird man auch einen grünen Jaguar suchen, entweder mit einem fetten Mann darin oder verlassen an irgendeiner abgelegenen Straße, einem Feldweg, einem Waldrand, einer stillgelegten Tankstelle. Irgendwann wird die Suche aufgegeben werden, nachdem man schon einige Fahrer grüner Jaguars verärgert hat, die sich durch diese Behandlung pikiert fühlten und vielleicht sogar angedroht haben, »daß ich mal mit Ihrem Vorgesetzten reden werde«: das werden sie dann aber nicht tun, denn der herrische Satz, die herrische Geste reicht schon, um ihr Gleichgewicht wiederherzustellen.

Den richtigen Jaguar jedenfalls wird man nicht finden, weder mit Kaspar Guttmann darin noch ohne ihn: dachte Kaspar Guttmann. Ganz unten an der Grenze steht er jetzt, im sogenannten Dreiländereck mit Frankreich und Luxemburg. Jerôme wird ihn pflegen nach Maßgabe der Anweisungen, die ihm Herr Guttmann gegeben hat, und Jerôme wird niemals etwas von einem grünen Jaguar gewußt haben:

man wird ihn auch nicht fragen, denn es gibt nicht die kleinste Spur, die in diese Richtung deutet. Jerôme wird den Wagen solange hüten, wie Herr Guttmann abwesend ist, also ein halbes Jahr, ein Jahr, fünf Jahre. Herr Guttmann hat nicht genau angeben können, wann er den Jaguar und all die anderen Sachen, die er in der Garage untergestellt hat, abholen kommt. Er mußte für längere Zeit auf Reisen, das ist alles. Niemals wird Jerôme jemandem erzählen, daß Herr Guttmann bei ihm gewesen ist, selbst wenn ihm zu Ohren oder Augen kommen sollte, daß dieser gesucht wird (aber er liest keine Zeitungen): er ist Herrn Guttmann zu sehr großem Dank verpflichtet, für den Rest seines Lebens. Hätte es Herrn Guttmann nicht gegeben, so weiß Jerôme, säße er schon seit Jahren und eben für diesen Rest seines Lebens hinter Gittern, wegen der Geschichte in Koblenz damals. Aber Herr Guttmann hat sich sehr loyal verhalten, und so wird Jerôme mit gleicher Loyalität zurückzahlen, solange er lebt.

Eine Weile wird man Herrn Guttmann auch hier im Land suchen, auf abgelegenen Höfen oder in billigen Stadtabsteigen. Aber Kaspar Guttmann wird sich nicht in irgendwelche Zehnquadratmeterzimmer mit Kaltwasser und einem viel zu schmalen Bett zwängen, um sich vor Leuten zu verstecken, die ihn für einen Kriminellen halten. Hier aber wird man ihn nicht suchen, nahe Hasselt, in einem seiner geliebten Restaurants mit Hotel, wo nun die Bedienung (die ein wenig der Frau in Vermeers *Junge Frau mit Wasserkanne am*

*Fenster* gleicht) die Vorspeise bringt, einen schlichten Lachs auf Salat, mit Orangen garniert und übergossen mit einer Orangenmarinade, die dem Ganzen einen köstlichen Geschmack gibt. Der Chef hat ihn vorhin persönlich begrüßt, wie immer, und Herr Guttmann hat zunächst sein Zimmer bezogen, das eigentlich eine Suite ist, und ist dann zum Essen hinuntergegangen.

Einen kleinen Fehler hat er vielleicht gemacht, als er bei der Begrüßung übereifrig erklärt hat, warum er diesmal nicht mit dem Jaguar gekommen ist, sondern nur mit einem großen Citroën. Erklären hätte er gar nichts müssen, denn über solche Details würde sich der Chef niemals wundern. Auf der anderen Seite wird er sich aber auch nicht darüber wundern, daß reiche Leute ab und zu das Bedürfnis haben, über ihre Autos zu sprechen.

Ein oder zwei Nächte wird er hierbleiben. Abends wird er das Bild in seiner Suite aufhängen und morgens, bevor das Zimmermädchen kommt, es wieder abnehmen. Eine Schande, daß man als Kunstliebhaber wie ein Verbrecher angesehen wird. Aber niemand wird ihn daran hindern, stumme Zwiesprache zu halten mit dem Vogel, dem Mann und dem Fisch, in dieser Reihenfolge, von links nach rechts.

Ein einziges Mal war er in der Rue des Mimosas. Das war 1960; die Geistesgegenwart war gerade fertiggestellt und lehnte nun auf dem Fußboden an der Wand. Damals hat er zu schnell nach dem Preis gefragt, und von einer Sekunde auf die andere hat sich das Verhalten Magrittes, der zunächst höflich, sogar herzlich gewesen war, geändert: Temperatursturz. Herr Guttmann hätte sich auf die Zunge beißen mögen, aber sein Fehler war nicht wiedergutzumachen. Das schmerzt ihn bis heute, die Scham ist lebendig geblieben. Doch sie verzehrt ihn nicht, sondern läßt ihn immer fetter werden.

5 – Ja, schließt Dillinger ab, das ist alles, was wir wissen. Er fühlt sich etwas unbehaglich in diesem Büro, das ihn an die Schreibstuben seiner Militärzeit erinnert. Vor allem der kleine runde Kaffeefleck, der sich gleich rechts neben dem Telefon in den Schreibtisch gefressen hat, erfüllt ihn mit einem leichten physischen Ekel. Das hätte doch nicht sein müssen, denkt er, das hätte man doch in Ordnung bringen können. Könnte man immer noch.

– Nun, das ist doch eine ganze Menge, sagt der Kommissar, mit dem er es zu tun hat und den er im Gegensatz zu seinem Büro ganz angenehm findet. – Einen Mann, der so dick ist und der einen so auffälligen Wagen fährt, wird man doch finden können.

– Ich glaube nicht, daß er noch lange mit dem Jaguar durch Belgien fahren wird.

– Ich auch nicht. Aber es wird nicht so schwer sein, mit Hilfe der belgischen Kollegen ein Profil von diesem Guttmann zu erarbeiten, und dann kann man vielleicht doch abschätzen, was er zu tun gedenkt.

– Wenn wir Pech haben, sagt Dillinger, hat er schon alles getan, was er zu tun gedachte, und ist längst außer Landes. In Südamerika zum Beispiel.

– Merkwürdig, alle denken bei solchen Gelegenheiten zuerst an Südamerika. Gut, wenn er dort ist, kann man zumindest feststellen, mit welcher Maschine er wann wohin geflogen ist. Schließlich gibt es Passagierlisten. Aber natürlich hätte er dann einen beachtlichen Vorsprung herausgearbeitet.

– Mir wird ganz anders bei dem Gedanken, daß er das Bild nach São Paulo oder Montevideo verfrachtet hat.

– Glaube ich nicht, beruhigt ihn der Kommissar. Der ist noch im Land oder in Holland oder Frankreich, irgendwo jedenfalls, wohin der Grenzübertritt kein Problem ist, solange nicht nach ihm gefahndet wird.

– Aber wir können nicht nach ihm fahnden, ruft Dillinger, wir müssen –

– Wir müssen vorsichtig sein, sagt der Kommissar, ich weiß. Sonst macht er das Bild kaputt. Jedenfalls stellen Leute wie wir uns das immer vor. Nein, wir werden nicht fahnden, sondern ihn einfach suchen. Er wird nicht merken, daß er gesucht wird, aber, nebenher gesagt, halte ich ihn für intelligent genug, sich das zu denken.

Dillinger nickt. Plötzlich ist er zerstreut, hat er das

Interesse an dem Thema verloren. Er sieht aus dem Fenster, auf den Häuserwirrwarr der Innenstadt, ein Gemisch aus bemühter Stadterhaltung und kapitalkräftigem Wiederaufbau vom Typus frühe sechziger Jahre, alles überragt vom Hauptgebäude des örtlichen Rundfunksenders, das aussieht, als habe einer der Architekten Mussolinis es entworfen.

– Mein Gott, sagt er, wie häßlich diese Stadt doch ist. Jedenfalls von hier aus.

– Deshalb bevorzuge ich es, ihr bei der Arbeit den Rücken zu kehren, sagt der Kommissar, der in der Tat seinen Schreibtisch so gestellt hat, daß er in den Raum hineinsieht, nicht aus dem Fenster. Dieser Detektiv, den Sie da losgeschickt haben – der zweite, nicht der erste –, können Sie mir Namen, Adresse, Telefon geben?

Dillinger nickt, und der Kommissar fährt fort: – Er hat sich ganz schön überrumpeln lassen.

– Wissen Sie, sagt Dillinger, selbst überrascht über seinen heftigen Impuls, Kleff zu verteidigen, immerhin hat er das Bild aufgespürt. Hätten Sie einen Magritte im Eupener Wald vermutet?

– Warum nicht, wenn Sie ihn sogar schon in Montevideo sehen.

– Jedenfalls ist hier die Adresse und die Nummer, sagt Dillinger und zeigt dann rechts neben das Telefon: Dieser Fleck ließe sich übrigens durchaus beseitigen. Überhaupt sollte man den Schreibtisch mal etwas aufarbeiten. Das wäre kein so großer Aufwand.

Der Kommissar lächelt.

– Aber Herr Dillinger, sagt er, Sie sind hier auf einer Polizeiwache, nicht im Museum.

6 Noch könnte er umkehren oder den Boulevard Lambermont immer weiter in südlicher Richtung fahren und schließlich irgendwann nach rechts ins Zentrum abbiegen, ein Postamt oder eine Telefonzelle aufsuchen und Lucienne sagen, daß er nicht kommen werde, daß er es sich anders überlegt habe. Das würde ihm viel ersparen, nicht nur Scherereien, an die er von Berufs wegen gewöhnt ist, sondern auch Schmerzen: tiefe, schneidende, langandauernde Schmerzen.

Allerdings: Wer glaubt, daß er nach freiem Beschluß des Geistes...

Diesmal, als sie die Tür öffnet und vor ihm steht, Jeans und weiter Pullover von warmer rostbrauner Farbe;

diesmal, als sie ihn anlächelt, offen und ohne jede Koketterie;

diesmal, als ihre grünen Augen ihn willkommen heißen und ihn ernsthaft bitten, ihr zu helfen, bitten, ohne zu betteln;

diesmal, als sie einen Schritt zur Seite tritt und mit der rechten Hand ins Wohnungsinnere weist;

diesmal trifft es ihn mitten ins Herz.
– Da bist du, sagte Lucienne, und:
– Ja, da bin ich, antwortet Kleff.
Erstaunlich, welche Rauschzustände der Banalität abgepreßt werden können, wenn die Sprache der Liebe in Aktion tritt.

Sie schlägt vor, Tee zu machen, und in Erinnerung an ihren ersten gemeinsamen Tee stimmt Kleff zu. Diesmal wartet er nicht im Wohnraum, steif in seinem Sessel sitzend, bis Mademoiselle kommt, um zu servieren, sondern folgt ihr in die Küche: nimmt sich eine Vertraulichkeit heraus, denn nun hat er den Status des Gastes verlassen. Die Küche ist winzig, zwei Personen passen kaum hinein. Sie hat etwas von einer Intercity-Toilette, bestenfalls von einer Schiffskabine. Lucienne bewegt sich sehr geübt darin, drei, vier eingespielte Handgriffe, und der Tee ist vorbereitet. Kleff sieht ihr hingerissen zu, obwohl er weiß, daß er zu Hause, in seiner eigenen Küche, über eine ebensolche Sicherheit und Vertrautheit der Bewegungen verfügt.

Während sie stumm darauf warten, daß das Wasser zu kochen beginnt, tritt er hinter sie, fängt an, ihre Taille und ihre Hüften zu streicheln, und gibt ihr schließlich einen Kuß auf den Nacken, was etwas mühsam ist, da der rostbraune Pullover einen Rollkragen hat. Ein Kuß auf den Nacken ist eine sehr definierte Geste: Er drückt Intimität aus, sagt, daß es schon eine Geschichte gibt, und zeigt Verlangen, deutlich genug, ohne jedoch zu bedrängend zu sein und sie in die Enge zu treiben. Lucienne erschauert leicht, aber das ist kein Rückzug: ein kleiner Hauch von Kleffs Atem hat ihr rechtes Ohr getroffen, und im Gefolge davon läuft ihr ein Hitzewirbel über den Rükken. Dann dreht sie sich ihm zu, so daß er in das unbewegte grüne Meer ihrer Augen sieht.

Der Kessel beginnt zu pfeifen, und man kann zum Alltag zurückkehren.

– Sprechen wir über den Auftrag, sagt Kleff, und ob ich ihn annehme.

Diesen Michael Werner müsse sie unbedingt finden, sagte Lucienne und schenkte Tee nach. Sie könne ihm jetzt nicht sagen, warum, aber wenn er ihn gefunden habe, werde sie es ihm sagen.

Das sei alles sehr unbestimmt, sagte Kleff.

Das sei es, gestand Lucienne zu: aber könne er sich nicht Situationen vorstellen, in denen man jemanden um Hilfe bitten müsse, ohne ihn zugleich ganz einweihen zu können?

Das könne er, sagte Kleff: aber die Frage sei natürlich, ob er persönlich sich darauf einlassen wolle.

Könne er nicht Vertrauen zu ihr haben, daß sie ihn nicht hereinlegen werde? Gerade ihn, der doch viel mehr für sie sei als nur ein Detektiv, den man mit einer Suchaktion beauftragt? Die letzten Sätze wurden begleitet von einem grünen Leuchten der unbeschreiblichen Art.

Kleff schloß die Augen und memorierte:

»Er legte ihr eine Hand auf die Schulter. Die Hand zitterte und zuckte. ›Mir ist's egal, wer wen liebt. Ich werde nicht den Dummen für dich spielen... Ich kann dir nicht mehr helfen. Und auch wenn ich könnte, würde ich's nicht.‹«

Das war jedoch sehr lange her, inzwischen beinahe sechzig Jahre, und es ließ sich nicht von Los Angeles nach Brüssel transportieren.

– Also gut, ich nehme den Auftrag an. Schließlich ist ein Kollege von mir verschwunden, auch wenn er ein etwas schmieriger Typ war, und da sich niemand sonderlich dafür zu interessieren scheint, wo er geblieben ist, werde ich es eben tun.

Lucienne beugte sich zu ihm herüber und nahm seine Hände.

– Ich bin dir sehr dankbar.

– Ich sage dir jetzt, wie teuer ich bin, sagte Kleff, befreite seine Hände und nannte seinen Tagessatz. Dazu kommen natürlich alle Auslagen und das Hotel.

Eine Sekunde lang hat er gehofft, sie möge wegen des Hotels protestieren und ihm ein Bett in der Rue des Pensées anbieten, aber Lucienne sagt ohne Zögern:

– Das ist in Ordnung. Ich gebe dir gleich einen Vorschuß für drei Tage.

Sie steht auf und entnimmt der linken Schreibtischlade einige Geldscheine, die sie Kleff entgegenhält.

– Woher hast du das Geld?

– Ich sagte dir schon am Telefon, daß ich einige Rücklagen habe.

Sie setzt sich wieder, nachdem sie noch einmal Tee nachgeschenkt hat.

– Natürlich ist es etwas schwieriger, sagt Kleff, Michael Werner in Brüssel oder sonst irgendwo in der Welt zu finden – denn um nichts weniger handelt es sich –, als einen Magritte im Eupener Wald aufzuspüren. Deshalb müssen wir alles noch einmal rekapitulieren.

Sofort duckt sie sich zusammen, und ihre Augen verengen sich.

– Er rief also damals hier an, beginnt Kleff ungerührt, sagte den Codesatz und –

– Ich habe dir damals nicht die ganze Wahrheit gesagt, unterbricht ihn Lucienne und fixiert ihn mit einem Blick, der ein bißchen Dank erwartet, eine Belohnung für ihre Offenheit.

– Ein so guter Schauspieler bin ich nicht, sagt Kleff betont spröde, um jetzt Überraschung zeigen zu können. Natürlich weiß ich, daß du mich angelogen hast.

Sie ist enttäuscht und ein wenig wütend.

– Ich habe dich nicht angelogen, sondern nur nicht alles gesagt.

Das wirst du auch jetzt nicht tun, denkt Kleff für sich und wird nun wieder verbindlicher: – Gut, das kannst du jetzt nachholen. Ich verstehe natürlich, daß man manchmal Dinge für sich behalten will, aus Scham oder aus Angst. Aber jetzt bist du meine Mandantin, und ich darf ohnehin nichts tun, was dir schaden könnte.

Bei diesem Satz nickt Lucienne heftig und macht

ein sehr zufriedenes Gesicht. Das ist es also, denkt Kleff, was sie wollte.

– Es ist alles so, wie ich es erzählt hatte, sagt sie, bis auf die Tatsache, daß er noch einmal angerufen hat, nachdem er in Ternell gewesen war.

– Von wo?

– Er sagte, es sei ein Hotel in Brüssel, aber den Namen wollte er nicht nennen.

– Was wollte er?

– Er sagte, er habe das Geld und ich solle am nächsten Morgen am Flughafen sein, in der Abflughalle an einer der Bars. Er würde dort auf mich warten.

– Und?

– Natürlich habe ich nein gesagt, und daß ich mit der ganzen Geschichte nichts zu tun haben wollte.

– Hast du nicht gefragt, was er von dir wollte?

Sie zögerte.

– Doch... Er wollte mit mir ins Ausland fliegen, ein gemeinsames Leben beginnen. Er war verrückt nach mir.

Bisher war sie ganz gut, denkt Kleff, aber jetzt wird sie wirklich schlecht.

– Er hat nicht gesagt, wohin?

– Nein, damit wollte er mich am Flughafen überraschen.

– Als du abgelehnt hast, ist er nicht einfach in die Rue des Pensées gekommen? Schließlich war noch Zeit genug bis zum nächsten Tag. Er war nicht noch einmal hier? Wenn er wirklich verrückt nach dir war, läge das nahe.

Während seiner Sätze ist sie zuerst rot, dann bleich geworden, hat sich aber, wie er anerkennend konstatieren muß, gut im Griff. Die Stimme ist fest, und die Geschichte kommt beiläufig genug, um nicht zu vorbereitet zu wirken.

– Das habe ich auch befürchtet, sagt sie, und bin sofort nach Leuven gefahren. Ich bin mehrere Tage weggeblieben, und weil ich Angst hatte, allein zu sein, war ich jeden Abend mit Freunden unterwegs. Zweimal waren wir im Kino –

– Ich bin nicht hier, um dein Alibi zu rekonstruieren, unterbricht Kleff sie sanft. Wichtig ist nur die Geschichte mit dem Flughafen. Er muß ja zwei Tikkets gehabt haben, nur daß wir nicht wissen, wohin. Aber das läßt sich herausfinden, wenn es auch dauern kann. Du siehst, meine Tagessätze sind nicht zu hoch angesetzt.

Sie lächelt und ist jetzt ganz entspannt, da sie weiß, daß ihre Erzählung Fragment bleiben kann und sie nicht mehr in die Gefahr kommen wird, einen entscheidenden Fehler zu machen.

– Ich habe mich nicht über deine Honorarvorstellungen beschwert, sagt sie.

– Dürfen wir das eigentlich, nach dem Kodex deines Berufs? fragt Lucienne, während Kleff ein kleines Grübchen unterhalb des linken Schulterblatts entdeckt, das ihm damals, beim ersten Mal, entgangen ist. Er schlägt die Bettdecke ganz zurück und beginnt, ihr den Rücken zu küssen, mit verhaltener Begierde langsam südwärts wandernd. Seine Mandantin besteht vorerst nicht auf der Beantwortung ihrer Frage. Sie liegt auf dem Bauch, den Kopf auf den ineinander verschränkten Händen ruhend, und läßt sich seine Liebkosungen gefallen, die langsam etwas ungeduldiger werden, verlangender. Kleff beginnt nun, ihre Hüften zu umfassen und wandert mit beiden Händen die Flanken hoch, während sie sich langsam auf eine Seite dreht, bis er bei den Brüsten angekommen ist. Sie hört seinen schneller werdenden Atem und die Kosenamen, mit denen er sie leise ruft. Bis er über ihr ist und ihr von sehr nah in die Augen sieht und sie seine Geliebte nennt, nachdem sie zuvor seine kleine Studentin, seine Süße, sein Ferkelchen und seine Schöne gewesen ist. Jetzt betrüge ich ihn, denkt Lucienne. Kleff hat aufgehört zu sprechen; sie hört nur noch seinen immer lauter werdenden Atem und denkt, da sie selbst immer heftiger zu atmen und schließlich zu stöhnen beginnt: wenigstens betrüge ich ihn nicht ganz. Dann stößt Kleff ein Geheul aus, wie sie sich das eines Wolfes vorstellt, und bricht leise schluchzend über ihr zusammen. Sie drückt ihn an sich und denkt: O je, ein weinender Detektiv in meinen Armen. Das kann nicht gutgehen.

7 Tatsächlich ist es ihm gelungen, das gleiche Zimmer zu bekommen. Natürlich ist es unsinnig, ein Hotel in der Rue de la Madeleine zu nehmen, wenn

man eigentlich am Flughafen zu tun hat. Aber er weiß selbst, daß er zu Sentimentalitäten neigt, weil es die einzigen Gefühle sind, denen er noch traut.

Wieder scheint der Mond aufs Bett, wie vor einigen Tagen (oder, wie Kleff denkt: wie damals, beim ersten Mal), und wieder kehren seine Gedanken zu seinem Auftrag zurück, der nun ein anderer ist als damals, vor wenigen Tagen.

Zunächst kommt es darauf an, im Gewebe von Luciennes Lügen nach den Spurenelementen der Wahrheit zu suchen, die sie eingestreut hat, um ihre Lügen wahrscheinlichkeitsgetreuer zu machen. Wahr ist auf jeden Fall, daß Michael Werner sich noch einmal bei ihr gemeldet hat. Die Sache mit dem Anruf aus dem Hotel, dessen Namen er nicht nennen wollte, ist dagegen eine Lüge. Er hätte auf jeden Fall gesagt, wo er ist. Vermutlich hat er aber überhaupt nicht angerufen, sondern plötzlich vor der Tür gestanden. Bei Lucienne steht man plötzlich vor der Tür, wenn man etwas von ihr will; schließlich hat Kleff das auch getan, als er aus Ostende zurückkam.

Ein anderes zutreffendes Fragment aus der Welt der Tatsachen könnte die Sache mit den Flugtickets sein. Daß er verrückt nach ihr war, wie sie sich ausdrückte, liegt im Bereich des Möglichen, nur daß Kleff den Ausdruck so geschmacklos, so abgegriffen fand, als sie ihn gebrauchte. Wenn es zutrifft, könnte Michael Werner sie in der Rue des Pensées sehr handgreiflich zum Mitkommen zu überreden versucht haben – und dabei könnte natürlich alles Mögliche passiert sein.

Denn unübersehbar ist, daß Lucienne sich seine Dienste gesichert hat, damit er für sie arbeitet und nicht gegen sie. Zu deutlich war ihre Befriedigung darüber, daß er ihr noch einmal ihren besonderen Status als seine Mandantin dargelegt hat. Sie will sich schützen, diesem Zweck dient der Auftrag. Irgend etwas, was nicht hätte passieren dürfen, muß also passiert sein, sonst gäbe es die Notwendigkeit dieses Schutzes nicht.

Im Nebenzimmer sind Gäste angekommen; er hört die Stimmen einer Frau und eines Mannes, die französisch sprechen. Ziemlich geräuschvoll packen sie ihre Koffer oder Taschen aus und lassen dabei das Radio in voller Lautstärke laufen. Kleff würde das stören, wenn er in einem Luxushotel wäre: dann würde er sich geprellt fühlen. Hier dagegen liegt es im Bereich des Möglichen und Tolerablen, gehört beinahe dazu.

Der Mond ist weitergewandert und erhellt nicht mehr Kleffs Zimmer. Im Radio nebenan ist jetzt ein altes Lied zu hören, aus dem Jahre 1963: *Tous les garçons et les filles de mon age*, singt Françoise Hardy. Die beiden neuen Gäste sind offenbar mit dem Auspakken fertig; man hört jetzt nur noch das Radio.

Damals ist er fünfzehn gewesen, und die Mädchen in seinem Alter trugen meistens lange glatte Haare mit Fransenponys. Man hat sich in Cafés getroffen, immer in ganzen unentwirrbaren Pulks, weil man Angst hatte, plötzlich mit einem der Mädchen allein zu sein, und den ganzen Nachmittag ein oder zwei Kaffee getrunken und Gauloises geraucht. An den Wochenenden gab es oft kleine Parties bei den Eltern von irgend jemandem, die sich aber meistens dezent zurückhielten oder sogar ausgegangen waren. Dabei hat man schon Zungenküsse gegeben und bekommen und auch mal eine Hand unter den Pullover geschoben und noch weiter, natürlich etwas täppisch. Und zwischendurch trank man widerliche Sachen, Cola-Rum zum Beispiel.

Er hat gar nicht gemerkt, daß das Radio leiser gestellt worden ist, und auch den Beginn des zweistimmigen Stöhnens hat er nicht registriert, das nun immer lauter wird, bis es das gemeinsame Crescendo erreicht hat. Kleff sieht auf die Uhr: es ist gerade halb neun geworden. O je, denkt er, der Abend ist noch jung, und nebenan hat sich ein Liebespaar eingenistet. Die haben heute nicht zum letzten Mal gevögelt.

8 Herr Guttmann hatte eine Klinge seines Schweizer Offiziersmessers ausgeklappt und schälte einen Apfel. Seine haarlosen Säuglingshände drehten den Apfel sehr langsam und zärtlich, während das Messer die rötlich-grüne Schale spiralförmig davon ablöste, ohne daß Herr Guttmann auch nur ein einziges Mal neu ansetzen mußte. Er zerteilte und ent-

kernte die Frucht sorgfältig und beendete dann sein Frühstück, indem er Stück für Stück des Apfels in den Mund schob und zwischen Zunge und Oberkiefer mit leichtem Druck zerkleinerte.

Herr Guttmann saß ganz hinten im Frühstücksraum des Hotels Metropole, in einer schlecht ausgeleuchteten Ecke, weit entfernt vom Fenster und vom Buffet. Er hatte, wie schon in Hasselt in den beiden Nächten zuvor, sehr gut geschlafen. In seinen Genüssen war er zurückhaltend gewesen, denn in diesen Tagen kam es darauf an, aufmerksam und gegenwärtig zu sein und nicht nachlässig zu werden.

Diesmal hatte Herr Guttmann das Bild nicht mit in sein Hotelzimmer genommen, sondern im Kofferraum des Citroëns gelassen, der in der Hotelgarage stand. In seinem Zimmer hing statt dessen die miserable Reproduktion eines weiblichen Aktes von Renoir. Dann hätte man doch lieber, dachte Herr Guttmann, eine der typischen Zigeunerinnen aus der Gemäldeabteilung des Kaufhauses nehmen sollen, mit nackten Schultern und halb entblößten Brüsten. Er tröstete sich mit dem Hin- und Herschalten zwischen sechzehn verschiedenen Fernsehprogrammen, bis er auf einem Kanal schließlich an die komplette Wiederholung eines zehn Jahre alten Wimbledonfinales geraten war. Danach hatte Herr Guttmann tief und traumlos geschlafen.

Der Himmel war heute grau eingewoben, und ab und zu fiel ein beinahe nur spürbarer, kaum sichtbarer

Sprühregen. Brüssel ging seinen Geschäften nach, konzentriert und mit der Liebe zum Gewinn, aber ohne die Anstrengung und Verbissenheit, die manch anderen Städten dabei das Antlitz entstellt. Über seinem anthrazitfarbenen Anzug mit Weste trug Herr Guttmann einen beigefarbenen Trench, dazu den weichen schwarzen Hut, den er sich am Vortag gekauft hatte und der für ihn noch ungewohnt war, da er zum letzten Mal im Jahre 1959 einen Hut getragen hatte. Seine Augen wurden, der trüben Wetterlage zum Trotz, durch eine Brille mit dickem Rahmen und großen dunklen, fast schwarzen Gläsern vollständig verborgen. Auch an ein Toupet hatte er vorübergehend gedacht, sich dann aber bei dem Gedanken an all die Toupetträger, die er aus dem Fernsehen kannte, geschüttelt und entschieden, daß auch Gefahr und große Not es nicht rechtfertigten, sich derart zu erniedrigen.

Er brauchte nur den Platz zu überqueren, in den Boulevard Edouard Jacquemain einzubiegen und dann nach links zu gehen. Die kleinen Straßen in diesem Viertel sind teilweise sehr unübersichtlich angeordnet. Ihre Bewohner sind harmlose Bürger; man sieht viele kleine Läden und Werkstätten; in anderen Straßen gibt es ein paar Bars und die bekannten Schaufenster, deren Vorhänge in diesen frühen Vormittagsstunden noch ausnahmslos zugezogen waren.

Nicht deswegen war Herr Guttmann gekommen. Er überquerte den Hinterhof eines Hauses in der Rue des Lilas und klopfte an die Tür eines kleinen Schuppens am Ende des Hofes.

– Entrez!

Herr Guttmann drückte die Klinke nieder und hielt sie anschließend beinahe in der Hand. Im Innenraum war nicht mehr zu sehen als der noch ziemlich junge Mann, der am gegenüberliegenden, verdunkelten Fenster auf einem weißen Stuhl an einem weißen Tisch saß, vor sich Dokumente ausgebreitet, auf die das präzise Licht einer Halogenlampe fiel.

– Kommen Sie näher! sagte er zu Herrn Guttmann. Haben Sie die Fotos mitgebracht?

Herr Guttmann nickte und trat langsam an den Tisch heran.

– Die Anzahlung haben Sie auch bei sich?

Herr Guttmann reichte dem jungen Mann, den er um sein fülliges braunes Haar beneidete, ein Bündel Geldscheine. Der junge Mann zählte kurz nach – Künstlerhände, dachte Herr Guttmann – und sagte dann: – Danke. Heute abend um sechs bin ich fertig. Dann bringen Sie bitte den Rest der Summe mit.

– Sie haben alle Unterlagen, die Sie brauchen? fragte Herr Guttmann.

– Sie heißen Paul Colinet und sind am 3. Mai 1923 in Boulogne-sur-Mer geboren, rekapitulierte der andere, aber Sie sind schon lange belgischer Staatsbürger. Warum eigentlich so kompliziert? Wenn es ganz dumm kommt, bringt Sie das noch in ganz unnötige Schwierigkeiten.

– Ich habe ein Faible für das Ornament, gestand Herr Guttmann.

Das Vernünftigste wäre es sicher gewesen, die Buchung in irgendeinem Reisebüro im Zentrum vorzunehmen, statt nach Zaventem zu fahren. Schließlich konnte es sein, daß der Flughafen bereits überwacht wurde. Aber Herr Guttmann wollte wenigstens schon einmal im vorhinein ganz nah an der Schwelle stehen, die er morgen überschreiten würde.

Wenn er übrigens überwacht wurde, geschah dies sehr geschickt, unmerklich selbst für ihn, der wußte, was es bedeutet, zu überwachen und überwacht zu werden. Vielleicht aber hatten sich die Methoden seit damals so sehr verfeinert, daß sie jemandem wie ihm, der schon seit Jahrzehnten aus dem Geschäft war, keine Chance ließen.

Er schweifte an kleinen Bars und Zeitschriftenständen vorbei und geriet in eine leicht träumerische Verfassung, die ihn beinahe vergessen ließ, weshalb er gekommen war, so daß er sich zur Ordnung rief. Langsam näherte er sich den Schaltern der Sabena. Manche Leute drehten sich nach ihm um, aber Herr Guttmann schob das nicht einer besonders plumpen Überwachung zu, sondern der Tatsache, daß ein gut gekleideter Mann von beachtlicher Größe und Leibesfülle, der eine dunkle Brille trägt, selbst in der Halle eines internationalen Flughafens noch Aufmerksamkeit auf sich ziehen kann.

Herr Guttmann trat an den Schalter der Sabena und sagte:

– Ich möchte für den Flug Sabena 235 nach Kairo morgen um 12 Uhr 35 einen Platz in der Business Class buchen.

Er nannte seinen guten neuen Namen und zahlte bar, da sich die Benutzung einer seiner Kreditkarten in diesem Falle verbot. Die junge Frau hinter dem Schalter sah ihm nach, als er sich in Richtung der Restaurants bewegte, und reihte ihn in die Kategorie jener angenehmen Geschäftsleute ein, die genau wissen, was sie wollen und deshalb wenig Schwierigkeiten machen.

Abends um zehn Minuten nach sechs, als Monsieur Colinet die kleine Werkstatt in der Rue des Lilas verließ und den Hinterhof überquerte, trat er in Hundescheiße. Sorgfältig entfernte er mit mehreren Papiertaschentüchern die tierischen Exkremente von seinem rechten Schuh und dachte dabei mit Verbitterung an die Ironie, mit der ihm der junge Mann dort drinnen seinen Paß ausgehändigt hatte. Daß ein seriöser Mann wie er Werkstätten solcher Art aufsuchen, Hinterhöfe in solcher Lage überqueren mußte, das empfand Herr Guttmann als ein sehr starkes Indiz für die zerbrechliche Einrichtung der Welt.

9 – Ja, sagte die junge Frau am Schalter der American Airlines, dieser Monsieur Werner hat einen Flug für sich und eine Mademoiselle Lemaire nach San Diego gebucht, und beide haben ihr Ticket nicht genutzt. Sie haben auch die Buchung nicht rückgängig gemacht.

Sie sah ihn mit einer Mischung aus Erstaunen und Entsetzen an, wie man so leichtfertig mit dem Geld umgehen konnte. Beinahe fühlte Kleff sich versucht, ihr zu sagen: Machen Sie sich keine Sorgen, der Mann hatte genug Geld, und es gehörte nicht einmal ihm. Statt dessen sagte er: – Vielen Dank, daß Sie mir so entgegengekommen sind.

Er meinte das ehrlich, denn nicht an allen Schaltern war er so zuvorkommend behandelt worden.

Dann, gerade als er sich eine deutsche Zeitung gekauft hatte, sah er den dicken Mann den Schalter der Sabena verlassen. Kleff wußte, daß es keinen Sinn hatte, dort zu fragen, und zog es vor, Herrn Guttmann zu folgen, der sich ganz entspannt durch die Halle bewegte und dann einige Minuten lang von der Galerie aus auf die Ankunftsebene hinuntersah, wobei er mit den Fingern der rechten Hand auf das Geländer trommelte. Kleff konnte ihm keine Sorge wegen einer eventuellen Überwachung anmerken, obwohl Herr Guttmann nicht im Ernst annehmen konnte, der weiche schwarze Hut und die dunkle Brille machten ihn unkenntlich für den, der ihn wirklich suchte. Der dicke Mann verließ seinen Aussichtspunkt und bewegte sich auf das Restaurant *Golden Wings* zu, zögerte dann, ob er hineingehen oder sich für *La Taverne* entscheiden sollte, gleich daneben. Schließlich wandte er sich von beiden Möglichkeiten ab und ging mit beschleunigtem Tempo auf den Ausgang zu. Kleff konnte sich bei dieser plötzlichen Wendung gerade noch hinter eine Zierpflanze zurückziehen. Immerhin sah er noch, wie Herr Guttmann draußen in einen dunkelblauen Citroën CX einstieg, der im Parkverbot gestanden hatte, und zog daraus den Schluß, daß er wohl kaum noch am heutigen Tag das Land verlassen werde.

– Sie können ruhig noch einen Zentimeter mehr wegnehmen, sagte Kleff zu dem Mädchen und sah gleich danach im Spiegel den zweifelnden Blick. Meine Haare wachsen schnell, setzte er hinzu, und wer weiß, wann ich das nächste Mal Zeit habe, sie mir schneiden zu lassen.

Ihre Blicke begegneten sich noch einmal im Spiegel, und dann gab die Friseuse nach. Durch die leicht geöffnete Tür drang die Musik der Straße in den Frisiersalon und vermischte sich mit den Stimmen um ihn herum und der einen Stimme von Sade Adu aus den Lautsprechern. Sein Kaffee war kalt geworden, weil das Mädchen ihm nie eine Gelegenheit gegeben hatte, ihn zu trinken, und all seine halbherzigen Bewegungen in diese Richtung ignoriert hatte. Während sie sich wieder ihrer Arbeit zuwandte, begann sie eine Unterhaltung, um auch diesem Teil ihres Berufs gerecht zu werden.

– Sind Sie als Tourist in Brüssel, Monsieur?

– Nein, sagte Kleff, in Geschäften.

– Dann kommen Sie sicher öfter hierher?

– Unregelmäßig, aber schon mehrmals im Jahr.

Sie fragte ihn nicht nach der Art seiner Geschäfte; diese Form der Neugier ist in ihrem Beruf nicht erlaubt. Man kann höchstens zusätzliches Interesse zeigen, wenn jemand von sich aus von seiner Arbeit erzählt.

– Gefällt Ihnen die Stadt?

– Ich finde sie sehr angenehm, sagte Kleff; alles, was mir hier fehlt, ist ein Fluß. Ich habe immer in Städten mit viel Wasser gelebt. Aber ich will Brüssel natürlich nicht schlechtmachen, beeilte er sich zu sagen, als von ihrer Seite keine Reaktion kam.

– Oh, sagte sie, ich komme nicht von hier, sondern mehr aus den Bergen, aus Verviers. Kennen Sie Verviers?

– Kennen wäre nicht das richtige Wort, sagte Kleff, ich bin einmal durchgefahren. Viel habe ich nicht gesehen, zuerst alte Fabriken, dann einen Teil vom Zentrum, dort schien es mir sehr lebendig zu sein. Warum sind Sie weggegangen?

– Jeder geht weg, sagte das Mädchen, es gibt keine Arbeit. Und außerdem wollte ich in die Großstadt.

Die Unterhaltung war damit beendet, denn sie schaltete den Fön ein. Dann brachte sie seine Haare in die endgültige Form, schließlich folgte das Ritual mit dem Spiegel. Er fragte nach einem Bistro in der Nähe, in dem man preiswert essen könne. Sie nannte ihm zwei. Draußen hatte die Sonne ein paar kleine Lücken in den Wolkenvorhang gerissen. Kleff ließ sein Auto stehen und ging zu Fuß zur Hauptpost.

Diesmal war der hierarchische Weg zu Dillinger kürzer als beim letzten Anruf. Der Museumsmann war aufrichtig überrascht und erfreut, Kleffs Stimme zu hören.

– Wo sind Sie? Was machen Sie?

– Ich bin in Brüssel, beantwortete Kleff den ersten Teil der Frage, und gerade habe ich mir die Haare schneiden lassen.

– Machen Sie Urlaub?

– Ich habe einen Auftrag hier. Ich sagte Ihnen ja, auf einen Auftrag folgt in der Regel bald der nächste.

– Hat es etwas mit der anderen Sache zu tun?

– Bedaure, sagte Kleff, darüber kann ich keine Auskunft geben. Dagegen kann ich Ihnen sagen, daß ich vor zwei Stunden Herrn Guttmann am Flughafen gesehen habe. Er hat den Schalter der Sabena verlassen; ich nehme an, daß er dort einen Flug gebucht hat. Dann ist er in einen dunkelblauen Citroën gestiegen. Ich glaube kaum, daß er heute noch fliegt.

– Sie haben nicht nachgefragt, wohin er gebucht hat?

– Das hätte keinen Sinn. Ich bin nicht von der Polizei, und die Sabena ist diskret.

– Jedenfalls scheint er sehr sorglos zu sein, sagte Dillinger.

– Nun, er trug einen weichen Hut und eine Brille

mit schwarzen Gläsern. Vielleicht gibt ihm das die Sicherheit, daß niemand ihn erkennt.

– Ich danke Ihnen. Passen Sie gut auf sich auf.

Als er die Hauptpost verlassen hatte, sah er den dikken Mann sofort, der zur Place de Brouckère ging und dann plötzlich in einem Hotel verschwand. Kleff kehrte zur Hauptpost zurück. Diesmal dauerte es etwas länger, bis Dillinger am Apparat war.

– Haben Sie noch etwas vergessen?

– Eben habe ich ihn schon wieder gesehen, sagte Kleff. Er wohnt offenbar im Hotel Metropole. Wenn das nicht reicht, um seiner habhaft zu werden, sind Ihre Leute keinen Pfifferling wert.

– Danke, sagte Dillinger.

– Ist eigentlich eine Belohnung ausgesetzt für Hinweise, die zur Ergreifung des Täters führen? Die würde ich mir dann als Privatier holen, nicht als Privatdetektiv.

– Können wir nicht machen, sagte Dillinger, offiziell fahnden wir ja gar nicht. Aber wenn Sie wieder zurück sind, melden Sie sich: ich lade Sie zum Essen ein.

Die ruhigste Zeit in einem Hotel ist der frühe Nachmittag. Die meisten Gäste sind unterwegs; die Reinigungsarbeiten sind für diesen Tag abgeschlossen; in der Rezeption drängeln sich weder Ankommende noch Abreisende; beinahe ist die Zeit stillgestellt. Kleff lag auf dem Rücken, beschirmte seine Augen mit dem rechten Unterarm und dachte darüber nach, was Michael Werner wohl ausgerechnet nach San Diego zog. Immerhin, dachte er, Kalifornien paßt schon zu ihm, wenn ich an den American Football denke. Ich wüßte gern, wie er zu Hause angezogen war, in seiner freien Zeit. Beinahe würde ich wetten, daß er einen Jogginganzug trug und darin auch über die Straße zum Kiosk ging, um eine Zeitung oder Zigaretten zu kaufen. Lucienne dagegen, dessen war Kleff sicher, würde nicht einmal morgens Croissants holen gehen, ohne sich vorher geschminkt zu haben.

Er tastete nach den Büchern, die auf seinem Nachtschränkchen lagen: zuoberst der Gedichtband, den er in Liège geschenkt bekommen hatte. Zum ersten Mal sah er ihn genauer an. *Sur l'eau* hieß er, und der Autor hatte Alain Latour geheißen. Statt eines Klappentextes gab es auf der vorderen Umschlagklappe noch einmal das Foto des schönen alten Mannes, das Kleff in dem Bistro in Liège gesehen hatte. Darunter stand der dürre Satz:

Alain Latour, geboren 1911, lebt in Liège.

Er begann, den Band durchzublättern, verstand die meisten Gedichte nur annähernd, weil ihm immer wieder eine Vokabel nicht geläufig war. Es waren leise, lakonische kleine Arbeiten, mit vorsichtigem Gebrauch der Worte, dabei, soweit er das beurteilen konnte, sehr musikalisch. Ihn überraschte nicht, ein Gedicht zu finden, das FRÈRE SATIE betitelt war. Bei anderen Gedichten stellte die erste Zeile, in Kapitälchen gedruckt, zugleich den Titel dar, wie auch beim letzten des Bandes:

RIEN PLUS BEAU
que le chat,
courbe
dans son sommeil propre,

reflexion
infiniment fléchie.

Kleff schloß den Band wieder und sah sich im Raum um. In Zukunft, entschied er, würde er nur noch Hotelzimmer nehmen, die ihm Platz genug für seine Übungen boten.

10 Ein junger Mann, künftiger Erbe eines Lebensmittelkonzerns, wird von seiner Mutter aus der Klinik abgeholt: das ist der Anfang. Vorher hat die Mutter mit dem behandelnden Arzt gesprochen, und man kann aus dem Gespräch schließen, daß der junge Mann keineswegs eine Nierenoperation oder eine Fraktur des linken Oberarms hinter sich hat, sondern aufgrund sogenannter psychischer Störungen in der Klinik gelegen hat. In einer der Nobelkarossen der Familie wird er nach Hause gefahren, noch nicht so recht ansprechbar. Aber zweifellos gibt er sich

Mühe, wieder normal zu sein, beim Familienessen ebenso wie in einer Vorstandssitzung der Firma. Er soll eine Aufgabe bekommen, soll in die Realität zurückkehren: die Realität ist gut gegen die Nöte der Seele. Dagegen wehrt er sich nicht, ist nicht störrisch, nur ein bißchen abwesend, aber auch das versucht er zu verbergen, so gut es eben geht. Man beauftragt ihn damit, die einzelnen Läden des Konzerns zu überprüfen, die Bücher zu kontrollieren. Dabei kann er reisen und kommt mit Menschen in Kontakt, das wird gut für ihn sein. Natürlich werde er das machen, sagt der junge Mann, gleich morgen werde er damit beginnen, in Limoges.

Der Filialleiter in Limoges ist ein Gauner, der jahrelang in die eigene Tasche gewirtschaftet hat und versucht, den jungen Mann einzuwickeln, der das scheinbar mit sich geschehen läßt. Abends ist er zum Essen bei der Familie des Filialleiters eingeladen, neben anderen Gästen, und auch hier ist er etwas abwesend während der Konversation, die sich um kulturelle Themen dreht und auch um Sozialismus und freies Unternehmertum. Das langweilt Sie sicher, sagt plötzlich der Filialleiter zu dem jungen Mann, der von Daniel Auteuil gespielt wird, und dieser, aus seiner Abwesenheit aufgestört, sagt: Aber nein, nein, ich finde das sehr interessant, diesen Austausch von Gemeinplätzen. Diese Szene dauert vielleicht zwei Minuten und stellt einen perfekten Diskurs über die Kunst der Konversation dar, hat Kleff gedacht.

Dann kommt Sandrine Bonnaire ins Bild, die als

Hausmädchen und Köchin in der Familie fungiert – an dieser Stelle hat Kleff Lucienne zum ersten Mal die Hand gedrückt –, und es beginnt die Geschichte einer amour fou. Der junge Mann kommt nicht mehr weg aus Limoges, angeblich, weil sein Taxi nicht rechtzeitig den Flughafen erreicht hat, denn die Stadt ist wegen der Porzellanmesse verstopft. In Wahrheit hat er dem Taxifahrer in einer engen, total blockierten Straße plötzlich gesagt: Drehen Sie um, ich möchte zurück! Hier kann man doch nicht drehen, hat Kleff gedacht, aber das nächste Bild zeigt das Taxi schon in der Gegenrichtung, und Kleff ist wieder eingefallen, daß er im Kino ist, in dem die Widerständigkeit der Realität nicht gilt.

Daniel mietet eine leere Wohnung in Limoges; er verpflichtet Sandrine als Köchin für ein Essen, das er zur Einweihung geben will; sie sagt zu und stellt fest, daß sie der einzige Gast ist. Sie will sofort wieder gehen, denn solche Scherze mag sie nicht: aber es muß das weiche Gesicht des jungen Erben sein, die wenigen hilflosen Sätze, die er sagt, die sie überzeugen, daß er sich keinen Scherz mit ihr erlauben, daß er sie nicht kaufen will.

Sie zieht zu ihm, sie richtet die Wohnung ein, sie kauft sich neue Kleider und hat bei der Familie des Filialleiters natürlich längst gekündigt. All das bezahlt der junge Mann, der natürlich die schöne Frau kauft, aber ohne es zu wissen. Als die Wohnung eingerichtet ist, gibt er wirklich ein Fest: Sandrines Bekannte kommen, ihr derzeitiger Freund inclusive, Leute aus der

Halbwelt der Stadt, und der Filialleiter und seine Frau kommen auch. Seine Betrügereien sind natürlich längst entdeckt, aber Daniel läßt die Dinge auf sich beruhen. Das Fest wird hinreißend komisch und ein voller Erfolg, langsam beginnen alle, den jungen Erben zu mögen, und beileibe nicht seines Geldes wegen. Nur Sandrine, die am nächsten Morgen aufräumt, macht ihm klar, daß das alles eine Weile ganz schön ist, aber natürlich eine Spinnerei, und daß es nicht ewig so weitergehen kann und wird. Das will er nicht verstehen, nicht einmal hören.

– Frauen sind realistischer als Männer, hat Lucienne an dieser Stelle geflüstert.

Kleff hat ihr zugestimmt, weil er in der Tat genauso denkt, aber es hat ihm dennoch weh getan, den Satz von ihr zu hören. Dann wendet die Familie des jungen Erben einen der üblichen Tricks an, um ihn aus Limoges wegzulocken, zurück zu seinen Aufgaben: seine Mutter sei schwer erkrankt, teilt man ihm in einem nächtlichen Anruf mit. Er hinterläßt der schlafenden Sandrine einen Zettel und fährt sofort nach Paris. Es fällt ihm nicht schwer, die Komödie zu durchschauen, aber die Firma hat ihn wieder, und mit viel Elan stürzt er sich in die Arbeit, so daß nach wenigen Tagen der Prokurist und geheime Chef des Unternehmens jahrelanger Unterschlagungen überführt ist. Kleff war hingerissen, den bisherigen Träumer Daniel plötzlich so tatkräftig, so energisch, so ganz kapitalistisch zu sehen: Der Träumer kann auch anders, heißt das, der Träumer ist kein Spinner.

Aber eines Tages kehrt der Träumer nach Limoges zurück.

– Paß auf, hat Lucienne geflüstert, jetzt will er da weitermachen, wo er aufgehört hat.

So ist es: aber Sandrine lebt inzwischen mit einem anderen Mann zusammen, dem Besitzer einer Kneipe, der wohl auch einige nicht ganz saubere Nebengeschäfte betreibt: ein keineswegs unsympathischer Macho mit klaren Regeln, eher spanisch als französisch wirkend. Sandrine arbeitet in seiner Kneipe, und als Daniel sie dort aufsucht und mit ihr spricht – sie hat wirklich viel zu tun, die Kneipe ist voll –, ist dies auf ihrer Seite ein Gespräch voller Bitterkeit. Er hat einen schnöden Zettel geschrieben und sie verlassen. Sie lebt jetzt ein neues Leben, will mit dem alten nichts mehr zu tun haben. Das neue Leben ist noch sehr bedroht, deshalb muß sie es so betonen. Daniels plötzliche Rückkehr macht ihr angst.

– Jetzt hindert er sie auch noch an der Arbeit, hat Lucienne gesagt. Er selbst hat doch nie wirklich arbeiten müssen.

– Unsinn, hat Kleff geantwortet, sie benutzt die Arbeit nur, um nicht wirklich mit ihm sprechen zu müssen.

Danach sehen wir Daniel oft betrunken, im Kreis der Freunde, denn alle außer Sandrine freuen sich über seine Rückkehr: der Filialleiter und seine Frau; die Schwester der Frau, die mit einem Kriminalbeamten liiert ist und am Anfang des Films halbherzig versucht hat, ihn zu verführen; Sandrines »Schwester«, die nicht ihre Schwester ist, und ihr kleiner Ganovenfreund; schließlich Sandrines ehemaliger Freund, der eifersüchtig auf den spanischen Macho ist, während er auf Daniel nie eifersüchtig war.

Am Ende gibt es einen Mord und einen Unschuldigen, der ihn auf sich nimmt, und ganz zum Schluß haben Kleff und Lucienne eine Szene auf dem Hof einer psychiatrischen Klinik – oder ist es die Psychiatrie des Gefängnisses? – gesehen, auf dem Schnee lag. Dann sind sie in ein kleines Bistro gegangen, und nun kommt die Vorspeise. Der Chef, jünger als Kleff, bringt sie selbst. Er hat heute abend nur eine Serviererin, die andere ist krank geworden, und es sind viele Gäste da. Er ist sehr aufmerksam und auch ein wenig galant: er hält sie für ein noch recht frisches Liebespaar.

– Eine gewisse Größe hat er schon, gibt Lucienne zu und meint Daniel, aber er ist hoffnungslos sentimental. In seiner Position kann er sich das auch erlauben, aber die Kleine kann sich keine Sentimentalitäten leisten. Ich verstehe sie.

Sie beginnt, sich über ihre Muscheln herzumachen.

– Du sprichst, als ob Sentimentalität ein Verbrechen wäre.

– Sie kann zumindest zu Verbrechen führen.

– Das können die sogenannten echten Gefühle auch, viel leichter sogar.

– Du bist auch ein sentimentaler Hund, sagt Lucienne, und damit ist das Gespräch über den Film abgeschnitten. Kleff ißt langsam und zerstreut, Lucienne dagegen mit höchster Konzentration und großem Appetit. Er beobachtet ihre Hände, die sich geschickt und ohne Zögern dem Öffnen der Muscheln widmen, und in diesem Moment wird ihm klar, daß diese Hände ihn niemals mehr streicheln werden.

– Heute war ich am Flughafen, sagt er. Michael Werner wollte mit dir nach San Diego fliegen, in Kalifornien.

Sie versucht, so gleichgültig wie möglich zu sein, aber ihre Stimme zittert, und ihr Achselzucken ist nervös.

– Schlechter Geschmack, sagt sie. Ich hätte Tokio vorgezogen. Kleff wartet.

– Ist er dann wenigstens allein geflogen? fragt Lucienne.

Das ist ihr gerade noch rechtzeitig eingefallen, denkt Kleff.

– Nein. Hast du eine Idee, warum ausgerechnet San Diego?

– Woher soll ich das wissen? Vielleicht ist er ein Sonnenanbeter. Mich zieht jedenfalls nichts nach Kalifornien, obwohl meine Mutter dort lebt.

– Deine Mutter?

– Sie ist mit einem Amerikaner dorthin gegangen, vor sechs Jahren, Brüssel war ihr zu eng geworden.

– Brüssel oder die Familie, die Ehe?

– Ach, alles. Ich möchte nicht in alten Geschichten

wühlen. Es ist schließlich für deinen Auftrag auch nicht wichtig, oder?

Kleff könnte ihr jetzt erklären, daß es sein Beruf ist, in alten Geschichten zu wühlen, und daß man vorher nie genau weiß, welches Detail wirklich wichtig ist. Jedoch weiß er auch, daß ein gerade gefundener Faden leicht reißen kann, wenn man zu sehr an ihm zerrt, und bringt deshalb das Gespräch auf ein Nebengleis.

– Übrigens habe ich am Flughafen auch den dicken Guttmann gesehen, zufällig.

Jetzt ist Lucienne ehrlich interessiert.

– Und? Was hast du gemacht? Bist du auf ihn zugegangen?

– Ich glaube nicht, daß ich ihn hätte aufhalten können. Im übrigen ist das nicht mehr mein Auftrag.

– Hat er auch einen Flug gebucht?

– Ja, aber die Dame bei der Sabena hätte sich geweigert, mir das Flugziel und die Flugnummer zu nennen. Sie sind dort sehr diskret.

– Und nun kann er unbehelligt fliegen?

– Kaum. Natürlich habe ich meinen ehemaligen Auftraggeber angerufen. Ich glaube nicht, daß Herr Guttmann sehr weit kommen wird, nicht einmal zu seinem Flugzeug.

Sie trinken schon ihren Kaffee, als sie es ihm sagt. Kleff hat ihr fasziniert zugesehen, wie sie ihr Dessert verschlang und sich danach gründlich mit der Zunge die Lippen säuberte, und er hätte sie seinerseits in diesem Moment verschlingen können, gleich hier am Tisch (die kannibalistische Vorstellung erregte ihn ungemein), aber nun sagt sie das Befürchtete. Sie beginnt etwas dilettantisch.

– Ich mag dich sehr, sagt sie, du hast mich sehr berührt.

Kleff wartet.

– Du bist ein begehrenswerter Mann, macht sie weiter, und ein liebenswerter.

Er wartet erneut, dann, als sie nicht weiter weiß, hilft er ihr.

– Aber…

– Aber, sagt Lucienne erleichtert, es gibt jemand anderen.

– René, sagt Kleff.

Sie lacht laut auf.

– Ach der! Ja, er hat es versucht, und ich will ehrlich sein, er ist auch einmal gelandet, aber das ganze Vorher und Drumherum war wesentlich aufregender als die Nummer selbst. Sie hält sich erschrocken die Hand vor den Mund.

– Das erleichtert mich zu hören, sagt Kleff. Also dann: der Fälscher?

– Der Fälscher, bestätigt Lucienne, und ihre Augen werden weich.

– Er hat einen Namen?

– Sogar einen Vornamen, sagt sie: André.

– Wahrscheinlich kennst du ihn von Kindesbeinen an, sagt Kleff; ihr habt schon im Sandkasten miteinander gespielt, und es ist die große Liebe deines Lebens.

Sarkasmus ist das einzige, was jetzt hilft, was wenigstens einen dünnen Schutzfilm bilden kann.

– Bitte, sagt Lucienne, sei nicht sarkastisch. Von Kindesbeinen an ist es nicht, aber wir kennen uns seit der Schule. Wir sind immer wieder zueinander zurückgekommen. Wenn du ihn kennen würdest, würdest du ihn mögen – und er dich auch.

Kleff verschluckt weitere Sarkasmen. Statt dessen sagt er, so sachlich wie möglich:

– Wir werden nicht mehr miteinander ins Bett gehen.

– Nein, sagt Lucienne, das werden wir nicht.

Draußen, während sie auf Luciennes Taxi warten, steht er mit hängenden Armen vor ihr.

– Sei mir nicht böse, sagt sie. Glaub mir, daß ich dich nicht betrogen habe. Wenn André nicht wäre, würde ich –

– Ihr seid nicht verheiratet, gibt Kleff zu bedenken. Jugendlieben halten nicht ewig.

– Bitte, sagt sie. Das Taxi kommt, sie verschwindet schnell darin, kurbelt noch einmal die Scheibe herunter und sagt:

– Du hast einen Auftrag, vergiß das nicht.

– Ich denke jede Minute daran, sagt Kleff, und tue mein Bestes, wie du vielleicht schon bemerkt hast.

Er entfernt sich, das Taxi entfernt sich – wer zuerst? –, ein kleines Summen liegt über Brüssel, es ist Freitagnacht. Kleff kauft eine Abendzeitung und kehrt in sein Hotel zurück, seine Zelle. Das Pärchen von nebenan ist zum Glück heute abgereist.

11 »Um die Schublade zu öffnen«, hatte er nach dem frühen Erwachen gelesen, denn so begann der kleine italienische Roman, »muß man die Klinke wie einen Hebel betätigen und zugleich gegen die Lade drücken. Dann löst sich die Feder, der Mechanismus schnappt mit einem leisen metallischen *klick* ein, die Kugellager setzen sich automatisch in Bewegung, die Schubladen sind etwas geneigt und gleiten von selbst auf kleinen Schienen. Zuerst kommen die Füße, dann erscheint der Bauch, dann der Rumpf, dann der Kopf des Leichnams. Bei nicht obduzierten Leichen muß man dem Mechanismus manchmal etwas nachhelfen, indem man mit den Händen zieht, denn manche haben einen geblähten Bauch, der gegen die obere Schublade drückt und die Bewegung behindert.«

Dann war der Anruf gekommen, und Kleff hatte Spinos Geschichte vorerst nicht weiterverfolgen können, von der er beim ersten Durchblättern schon ahnte, daß sie die Geschichte einer vergeblichen und doch absolut notwendigen Spurensuche werden würde. Lucienne war am Apparat gewesen; wer sonst, niemand außer ihr wußte, daß er in diesem Hotel wohnte. Im ersten Moment hatte er gehofft, sie werde ihm mitteilen, ihre Sätze von gestern abend seien ein furchtbarer Irrtum gewesen, sie liebe ihn – und nur ihn! –, jetzt und immerdar. Statt dessen hatte sie gesagt:

– Ich habe heute morgen in der Zeitung eine interessante Notiz gefunden.

– Ich habe heute morgen in der Zeitung eine interessante Notiz gefunden, sagte Kleff zu dem Angestellten im Leichenschauhaus und entnahm seiner Brusttasche die aus der eben gekauften Zeitung herausgerissene Seite, aber bevor ich unnötigerweise die Polizei behellige, möchte ich den Leichnam gern sehen, wenn es möglich ist. Es könnte jemand sein, den ich suche, aber bisher ist es nur eine vage Idee.

Die Notiz besagte: in einem Brüsseler Vorort sei in einem unbenutzten Schuppen die Leiche eines etwa dreißigjährigen Mannes in einem riesigen Plastiksack gefunden worden. Sie müsse dort schon mehrere Wochen gelegen haben und sei deshalb nur schwer identifizierbar. Der Mann habe modische Jeans, einen blauen Pullover und eine grüne Windjacke getragen. Papiere habe man bei ihm nicht entdeckt, ebenso keine Schlüssel oder sonstige persönliche Gegenstände, lediglich in einer Hosentasche etwas deutsches Geld. Der Mann sei vermutlich durch einen Schlag auf den Schädel mit einem schweren, stumpfen Gegenstand ermordet worden. Hinweise...

Wir haben ihn so gut wiederhergestellt, wie es uns möglich war, sagte der Angestellte. Aber ich muß Sie warnen, ein schöner Anblick ist es nicht, wenn der Plastiksack auch verschnürt und der Tote ansatzweise vakuumverpackt war.

Er schlug das Tuch zurück, und Kleff gelang es, sich etwa zehn Sekunden auf den Leichnam zu konzentrieren, ehe er sich abwenden mußte. Der Angestellte fing ihn auf.

– Entschuldigung, sagte Kleff.

– Oh, keine Ursache, das ist normal. Und?

– Er ist es nicht. Ich kannte ihn nicht gut, aber er ist es ganz bestimmt nicht.

– Wie sind Sie denn überhaupt darauf gekommen, daß er es sein könnte?

– Das Alter, sagte Kleff, und das deutsche Geld. Mein Mann war Deutscher.

– Vielleicht, wenn Sie ihn mit seiner Brille gesehen hätten, einer dicken Hornbrille?

– Mein Mann trug keine Brille, sagte Kleff entschieden.

Auf der Toilette der kleinen Kneipe zwei Straßen weiter mußte er sich dann doch übergeben: der Kakao hatte nicht geholfen. Er zahlte und fuhr ins Hotel zurück.

– Ich muß abreisen, sagte er an der Rezeption, ließ sich die Rechnung fertigmachen, ging nach oben und begann, seine Sachen zu packen. Er hatte sich den toten Michael Werner immer anders vorgestellt: noch im Tod mit dem Ausdruck eines kleinen hämischen Triumphes im Gesicht, nicht so ganz und gar Opfer, so ganz und gar geschundenes Fleisch, wie er ihn jetzt gesehen hatte. Alle gehässigen Gedanken, die er dem Detekteiangestellten jemals gewidmet hatte: das Bild des miesen kleinen Geschäftemachers, das Bild vom Jogginganzug, in dem er zum Kiosk ging, das Bild von dem schwitzenden kleinen Lüstling, der der schönen Lucienne gegenübersaß –, all diese Gedanken waren ausgelöscht durch das, was er in der Morgue gesehen hatte.

Er fand ein kleines Hotel in der Rue du Beguinage. Wieder ein Zimmer, in dem er seine Übungen nicht würde machen können. Er rief Lucienne an und sagte:

– Ich bin umgezogen.

## 12

Herr Guttmann verließ sein Hotel um halb elf, wobei er, als er auf die Straße trat, gleichsam einen letzten liebevollen Blick auf Europa warf. Diese Anhäufung von Dingen, diese Geschlossenheit der Häuserzeilen, diese wegweisenden Zeichensysteme, dieser geregelte Verkehr der Menschen untereinander, dieser unbedingte Wille, Ordnung herzustellen und alle glücklich zu machen!

Er gab seinen Citroën bei der Brüsseler Agentur der Leihwagenfirma ab, ließ sich ein Taxi kommen, und dann fuhr Monsieur Colinet zum Flughafen. Am Abend zuvor hatte Herr Guttmann die letzte große Arbeit getan: das Bild sachgerecht verpackt, wie es ein professioneller Kunstspediteur nicht besser hätte machen können, und es in seinem größten Koffer verstaut, liebevoll in verschiedene Kleidungsstücke gehüllt. Im nachhinein war es ein Segen, daß Magritte sich damals nicht für ein größeres Format entschieden hatte.

Der Taxifahrer war zum Gespräch aufgelegt.

– Wo geht es hin?

– Nach Kairo, antwortete Monsieur Colinet wahrheitsgemäß. Er empfand es immer als angenehm, ohne Risiko die Wahrheit sagen zu können.

– Geschäfte?

– Sicher, sagte Monsieur Colinet, sonst würde ich nicht hinfliegen.

– Nach Kairo wollte ich auch immer, sagte der Taxifahrer. Ich habe eine Vorliebe für diese Gegenden. Aber ich schaffe es nie, obwohl es ja gar nicht so teuer ist. Irgend etwas kommt immer dazwischen.

– Trösten Sie sich, sagte Monsieur Colinet, Kairo ist eine der grauenhaftesten Städte der Welt. Wenn ich könnte, würde ich hierbleiben.

Es freute ihn, schon wieder uneingeschränkt die Wahrheit gesagt zu haben.

Monsieur Colinet lächelte freundlich in die Runde, als er seinen Gepäcktrolley dem Schalter der Sabena entgegenschob. In diesem Augenblick war er aller Welt Freund und hätte selbst die Gruppe bärtiger junger Männer mit schwarzen Hüten und langen schwarzen Mänteln umarmen mögen, die sich zum Flug nach Tel Aviv eingefunden hatte. Irgendwann, dieser Ansicht war er ohnehin, mußte man alte Feindschaften vergessen; im übrigen war nicht zu übersehen, daß die Leute, für die er damals gearbeitet hatte, einen wirklich entsetzlichen Geschmack gehabt hatten in allen Dingen, auf die es im Leben ankam.

Fast hatte er den Schalter der Sabena erreicht, als mehrere Herren auf ihn zutraten, zwei von ihnen uniformiert. Ich hätte sie sehen müssen, warf er sich vor. Der Herr, der das Wort an ihn richtete, war jedoch in Zivil gekleidet.

– Herr Guttmann?

– Na so was, sagte Herr Guttmann, na so was.

– Wir müssen Sie leider festnehmen.

– Na so was, sagte Herr Guttmann noch einmal, daß mir das passieren mußte.

– Ja, sagte der zivile Herr, in der Verkleidung hätten wir Sie sogar beim Karneval in Rio erkannt.

– Ich wollte nicht nach Rio, stellte Herr Guttmann etwas gekränkt fest, ich wollte nach Kairo.

## 13

– Nun muß ich bald gehen, Liebster, sagt Lucienne, denn in einer Stunde will der Detektiv bei mir sein. Übrigens glaube ich, daß er etwas ahnt. Aber er wird uns trotzdem helfen, da bin ich sicher.

Sie hat in Andrés Brust hineingesprochen, während er an die Decke starrt, den linken Arm um sie geschlungen, der rechte hängt schlaff vom Bettrand herab.

– Fünftes Gebot, sagt er.

– Es war Notwehr. Das Gesetz gesteht Notwehr ausdrücklich zu.

– Ein bißchen mehr war es schon, sagt André. Die

Auseinandersetzung lief zwischen euch beiden. Er wußte gar nicht, daß ich auch da war. Ich bin sehr plötzlich aufgetreten; das Gesetz spricht, glaube ich, in solchen Fällen von Heimtücke.

– Das ändert nichts daran, daß er versucht hat, mich mit Gewalt aus der Wohnung zu schleppen. Das Gesetz spricht, glaube ich, in solchen Fällen von einem Entführungsversuch.

– Wir haben ihm außerdem sein Geld abgenommen.

– Es war nicht seins. Insofern haben wir es nur in Verwahrung genommen. Da aber auch der rechtmäßige Besitzer ein Gangster ist und außerdem flüchtig, können wir es wohl kaum zurückgeben.

Zum ersten Mal seit Wochen muß André lachen. Er zieht Luciennes Gesicht ganz nah an seines und flüstert:

– Du bist wunderbar. Ich liebe dich,

und Lucienne gibt die an dieser Stelle einzig mögliche und zulässige Antwort:

– Ich liebe dich auch.

Daß sie sich auf der Schule kennengelernt haben, ist nicht ganz richtig. Dort haben sie sich zum ersten Mal gesehen, auch einander umtanzt: zuerst Menuett, dann Walzer, dann Tango. Sie war fünfzehn, er sechzehn. Nach einigen Wochen hatten sie es endlich soweit gebracht, miteinander ins Kino zu gehen: ganz allein zu zweit, zum ersten Mal. Dort haben sie sich kennengelernt.

Der Film war schon zwei Jahre alt, er lief im Rahmen einer Hommage an den Regisseur. Er hieß *Das Geld*, und darum ging es auch, um Falschgeld zunächst, um einen unschuldig Verurteilten, um Rache: eine sehr blutige Geschichte, und keineswegs im metaphorischen Sinn. Man sah das Blut fließen, und obwohl es natürlich Kinoblut war, schlossen André und Lucienne an der schlimmsten Stelle beide zugleich die Augen und drehten sich ab. Danach mußten sie lachen, und dann konnte nur noch der erste Kuß kommen.

Leider stellte André sich als eine Art Heiliger heraus, und Lucienne fand es leichter, sich in die höhere Mathematik einzuarbeiten, als bei ihm ihre Unschuld zu verlieren. Die äußeren Umstände, als es endlich geschah, hatten komödiantische Züge, obwohl die Voraussetzungen ideal waren. Sie war allein zu Hause, der Vater für einige Tage verreist. André brachte etwa anderthalb Stunden damit hin, ihr einen Vortrag über Marcel Duchamps zu halten, insbesondere über den *Akt, die Treppe herabsteigend*, und Lucienne himmelte ihn an, seine Kenntnisse, seine Begeisterung, bis er seinen Vortrag unterbrach und entgeistert fragte:

– Aber was machst du denn da?

Sie erklärte es ihm.

André trug Lucienne auf Händen bis zum Ende des Lyzeums und von dort weiter nach Leuven zum gemeinsamen Beginn des Studiums. In den Augen der verlebten älteren Semester war ein kurzzeitiges

Leuchten zu entdecken, als Lucienne die Bühne betrat; bald folgte jedoch das Abwinken, als man den ergebenen jungen Mann in ihrem Gefolge sah, mit den hohen Wangenknochen und den schwarzen, weidwunden Augen.

– Dagegen konkurrieren zu wollen, versicherten einander die Experten, ist verlorene Liebesmüh.

André mußte, um sein Studium zu finanzieren, diese oder jene Arbeit nebenher machen. Er fuhr Arzneimittel; er machte Stadtführungen; er kellnerte in Kneipen, und die jungen Studentinnen wetteiferten darum, sich von ihm bedienen zu lassen. Doch als sie Lucienne sahen, versicherten einander die Expertinnen:

– Dagegen konkurrieren zu wollen, ist verlorene Liebesmüh.

Auch seine künstlerischen Talente setzte er zum Zweck des Gelderwerbs ein. Niemand kopierte so gut wie André. Was mit den Resultaten geschah, war ganz harmlos. Durch seine Signatur waren sie immer als Kopien gekennzeichnet und wurden – für wenig Geld – von Leuten gekauft, die statt eines Drucks diese besondere Art von Reproduktion haben wollten. Sie hatten dann zwar einen falschen Bacon, aber immerhin einen echten André.

Als Lucienne in ihren Kurzferien in Ostende jemanden kennengelernt hatte – André, obwohl er die Einzelheiten ahnte, wollte sie nicht wissen –, kam sie mit einem Auftrag zu ihm zurück, der ein bißchen besser bezahlt werden sollte. Zunächst sträubte er sich, äußerte Bedenken.

– Wir haben weiter nichts damit zu tun, sagte Lucienne. Du machst es fertig, jemand holt das Bild ab und bringt das Geld, und das war unser Teil bei der ganzen Sache. Von dem Geld könnten wir nach Madrid fahren, Liebster, und du könntest den Prado sehen.

Schon immer hatte sie ihre Argumente gut vorzutragen gewußt.

– Jetzt muß ich wirklich gehen, sagt sie, löst sich von ihm und beginnt sich anzukleiden, während er auf dem Bett liegenbleibt und die Verzweiflung in seinen Augen zurückkehrt, die dort seit einigen Wochen wohnt.

– Es wird alles gut, sagt sie, du wirst sehen.

André versucht zu lächeln, als teile er ihre Meinung.

Sie beugt sich noch einmal über ihn und gibt ihm einen Kuß.

– Ich liebe dich, sagt sie, das ist stärker als alle Widerwärtigkeiten.

Nicht in jedem Fall sind Frauen realistischer als Männer.

Über die Autobahn jagt sie das kurze Stück nach Brüssel zurück. In entschlossenen Spurwechseln schießt ihr kleiner roter Wagen zwischen all den irrenden, vollgeladenen Limousinen hindurch, die in der Kraterlandschaft des Brüsseler Autobahnnetzes den richtigen Weg an die Küste suchen, um die nächste Fähre nach Dover zu bekommen. Sie hat derzeit andere Probleme, aber einen kleinen Moment lang kränkt es sie doch, daß man ihr Land nur als eine an den Seiten zuweilen recht hübsch ausstaffierter Transitstrecke betrachtet.

## 14

Die Sitzordnung ist schon festgelegt, obwohl er erst zum dritten Mal hier ist. Er nimmt in seinem Sessel Platz, Lucienne auf der Zweiercouch ihm gegenüber, und auf dem kleinen Tisch zwischen ihnen steht Tee, wie gewohnt. Lucienne hat sich auf der Couch ausgebreitet, die Beine leicht angezogen, und lehnt mit dem rechten Ellbogen auf der Seitenlehne, als sei man tatsächlich nur zu einer Plauderei beim Tee zusammengekommen, als gälte es nicht, über einen Toten zu sprechen, über einen Mord, über Schuld und Sühne.

– Warum bist du in ein anderes Hotel gezogen? fragt sie.

– Ich habe im Leichenschauhaus meine derzeitige Brüsseler Adresse hinterlassen müssen. Zwar habe ich gesagt, der Tote sei nicht derjenige, den ich suche, aber der Angestellte dort war nicht dumm, und man muß damit rechnen, daß er der Polizei erzählt, ein Mann sei dagewesen, der sich etwas merkwürdig benommen habe. Übrigens habe ich ihn schmieren müssen, um den Leichnam überhaupt sehen zu dürfen. Jedenfalls möchte ich eventuellen Nachfragen möglichst aus dem Weg gehen. Ohnehin war es ein Fehler von mir, daß ich mich von dir habe einwickeln lassen. Ich hätte den Auftrag nie annehmen dürfen.

Lucienne senkt den Blick zu Boden und sagt nichts.

– Aber nun wollen wir die Geschichte noch einmal rekonstruieren, fährt Kleff fort. Diesmal verfahren wir nicht nach der Methode »So könnte es gewesen sein«, sondern fangen gleich mit »So war es« an. Nachdem Michael Werner Herrn Guttmann das Bild verkauft hatte, kam er nach Brüssel zurück und stand plötzlich vor deiner Haustür.

Lucienne nickt.

– Du hast ihn hereingelassen?

– Mir blieb kaum etwas anderes übrig. Er drängte mich fast in die Wohnung zurück.

– Hast du ihm Tee angeboten?

– Nein. Ich habe ihm gar nichts angeboten.

Kleff glaubt ihr, und dieses Detail befriedigt ihn, zu seiner eigenen Überraschung.

– Hat er dir das Geld gezeigt?

– Ja. Er hat es mir sogar vorgezählt.

– Belgische Francs?

– Nein, deutsche Mark und amerikanische Dollars.

– Weiter.

Sie senkt wieder den Blick zu Boden und sagt nichts. Kleff steht auf und nimmt sich einen Klappstuhl, der in einer Ecke des Raumes steht. Er stellt ihn ans Sofa, in einem Meter Abstand zur Seitenlehne, auf der Lucienne noch immer mit dem Ellbogen lagert.

– Streck dich aus, sagt er, mach es dir bequem. Leg ein Kissen unter den Kopf. Du mußt nur die Grundregel beachten, du darfst nichts verschweigen, auslassen oder zurückhalten, auch wenn es dir unwichtig oder lächerlich erscheint oder dir peinlich ist. Sag einfach alles, was dir einfällt, dann kriegen wir es schon hin.

Lucienne lacht, sagt dann: warum nicht?, streckt sich aus und schließt die Augen.

– Wenn es so gespielt wird, sagt sie, spielen wir es so.

Kleff wartet.

– Er sagte mir, ich solle meine Sachen packen, am nächsten Tag würden wir nach San Diego fliegen: die Tickets seien schon gekauft.

– Ich frage mich, mit welchem Recht und welcher Aussicht auf Erfolg er dich so bedrängen konnte. Er kannte dich doch kaum.

Lucienne sagt nichts.

– Du hast jedoch nicht deine Sachen gepackt, ermuntert Kleff sie.

– Nein. Natürlich nicht. Schließlich habe ich doch keinen Grund, mit einem Wildfremden zusammen nach Amerika zu fliegen.

– Und dann ist er enttäuscht wieder gegangen, sagt Kleff.

Er hört, wie Lucienne ganz leise, als bedeute dies eine übermenschliche Arbeit, zu weinen beginnt.

– Er hat angefangen, mich zu bedrängen, sagt sie,

hat mich am Arm gefaßt und mich angeschrien, ich sollte meine Sachen packen.

– Und du hast dich gewehrt, und dabei ist es zu einem Unfall gekommen, schlägt Kleff vor.

Ihr Schluchzen wird jetzt lauter, regelmäßiger. Sie wischt sich mit dem Handrücken über das Gesicht und sagt: – Gib mir ein Taschentuch, dort hinten liegen welche.

Kleff bringt ihr die Taschentücher, setzt sich erneut hinter sie und wartet, bis sie sich die Tränen aus dem Gesicht gewischt hat. Als sie zu sprechen beginnt, ist ihre Stimme zwar etwas flach, aber überraschend fest.

– Ich war nicht allein, sagt sie, André war bei mir. Als es klingelte, habe ich ihm gesagt, er solle in die Küche gehen. Michael Werner hatte keine Ahnung, daß er bei mir war. Ich wäre auch allein mit ihm fertig geworden, er hätte mich schon in Ruhe gelassen. Schließlich hätte ich ihm drohen können, ihn auffliegen zu lassen. Seine Schuld in der ganzen Sache war viel größer als meine. Ich hatte bis dahin nichts anderes getan, als ein paar Anweisungen am Telefon zu geben. Er dagegen hatte Geld veruntreut, so nennt man das doch? Unglücklicherweise hat André stark ritterliche Züge, und er meinte, die Dame seines Herzens beschützen zu müssen, als Michael Werner mich zu sehr bedrängte.

Sie hält inne.

– Er ist also aus der Küche hereingestürmt, gibt Kleff das Stichwort.

– Ja, sagt Lucienne, und er hielt sich gar nicht erst damit auf, meinen Bedränger zur Rede zu stellen, sondern schlug ihm gleich den Schädel ein. Ich habe hinterher oft darüber nachgedacht und kann noch immer nicht ganz an die Wahrheit dieses Augenblicks glauben, denn André ist der sanftmütigste Mensch, den ich kenne.

– Womit?

Sie versteht nicht gleich.

– Womit hat er ihm den Schädel eingeschlagen?

Sie deutet auf das Regal an der gegenüberliegenden Wand. Zwischen Büchern nimmt Kleff zum ersten Mal den großen blaßgrünen Elefanten wahr, gerade noch handlich genug, um ihn zu ergreifen und auf jemandes Kopf niedersausen zu lassen. Er steht auf und nimmt das Stück in die Hand. Auch Lucienne richtet sich auf und kommt zu ihm.

– Onyx, erklärt sie. Mein Vater hat ihn einmal geschenkt bekommen, ich weiß nicht mehr, von wem und bei welcher Gelegenheit.

– Wo ist er jetzt?

– Mein Vater?

– André.

– Er ist in der Wohnung eines Freundes in Leuven. Ich besuche ihn täglich, auch bevor du kamst, war ich bei ihm. Er kann nichts dafür, er hat nichts mit der Sache zu tun; allein seine Ritterlichkeit hat ihn dazu getrieben. Ich habe ihm Unglück gebracht, sagt sie und beginnt wieder zu weinen. Kleff zieht sie an sich, um sie zu beruhigen. Diese plötzlichen Wechsel zwischen

Festigkeit und Verzweiflung fangen an, ihm auf die Nerven zu gehen.

– Und dann habt ihr den Toten zu dem Schuppen gefahren?

– Nicht gleich. Wir mußten warten, bis es dunkel wurde. Wir haben Stunden mit einer Leiche in der Wohnung zugebracht. Am Ende haben wir es nicht mehr ausgehalten und sind ins Kino gefahren. André war völlig verstört, aber im Dunkel des Kinos hat das zum Glück niemand bemerkt. Wir haben eine Komödie gesehen und sogar gelacht, das muß man sich mal vorstellen.

– Dazu sind Komödien da, sagt Kleff. Was habt ihr mit dem Geld gemacht?

– Es ist hier, sagt Lucienne. Davon bezahle ich dich.

– Ich werde euch helfen, sagt Kleff. Ich kriege zehn Prozent.

Jetzt haben sie wieder in ihrer gewohnten Sitzordnung Platz genommen. Lucienne ist sehr gefaßt. Sie wird nicht noch einmal weinen.

– Viel Zeit haben wir nicht, sagt Kleff. Über kurz oder lang wird man den Toten identifizieren; man wird herausfinden, mit welchem Auftrag er hier war; man wird den Zusammenhang zu dir herstellen und leider auch zu mir. Ich werde noch einige unangenehme Fragen über mich ergehen lassen müssen. Allein schon deshalb sind die zehn Prozent gerechtfertigt. Zumindest möchte ich Belgien so schnell wie möglich verlassen, und auch ihr werdet das tun müssen. Es ist für euch nicht einmal ratsam, in Europa zu bleiben.

– Aber André wollte so gern den Prado sehen, sagt sie. Er liebt Velázquez.

– Das wird in der nächsten Zeit nicht möglich sein. Ihr müßt raus aus Europa. An sich müßte ich euch der Polizei ausliefern, denn ihr habt einen Menschen auf dem Gewissen.

Lucienne sieht ihn sehr erstaunt an.

– Aber ich bin doch deine Mandantin!

– Es gibt Grenzen der Loyalität, klärt Kleff sie auf. Nein, wenn ich euch helfe, dann nicht deshalb, weil du meine Mandantin bist, sondern weil ich dich... weil du mir leid tust. Aber ihr müßt jetzt tun, was ich euch sage.

Lucienne nickt heftig.

– Alles, was du willst.

– Ich frage mich immer noch, wie er sich das vorgestellt hat, mit dir in San Diego.

– Er wollte mit mir zu meiner Mutter.

Kleff starrt sie an.

– Zu deiner Mutter?

– Ja, sagt Lucienne. Er war mein Halbbruder.

## 15

Im Jahre 1957 heiratete die schöne Madeleine Moreau, Tochter eines in Deutschland stationierten belgischen Offiziers, im Alter von achtzehn

Jahren den in der Standortverwaltung beschäftigten deutschen Beamten Wolfram Werner und gebar ihm im folgenden Jahr einen Sohn, der Michael getauft wurde. Sieben Jahre lang gab es für sie nur den Kleinen, für den sie lebte und der sie anhimmelte. Im achten Jahr trat eine plötzliche, unerklärliche und sehr nachhaltige Erkaltung ihrer Zuneigung zu ihrem Sohn ein. Das Kind begann sie zu langweilen; sie schämte sich außerdem einer gewissen Plumpheit in seinem Aussehen und seinen Bewegungen, die immer deutlicher wurde. Ihr Vater war nach Belgien zurückgekehrt, und sie verbrachte eine immer größere Zeit des Jahres bei ihm und freute sich, französisch sprechen zu können. Dann lernte sie in Brüssel den Wissenschaftler Patrick Lemaire kennen, einen schönen, wenn auch etwas traurig wirkenden jungen Mann, von dem sie schwanger wurde. Ihre Ehe in Deutschland wurde geschieden, wobei ihr die Schuld zugesprochen und der Kontakt mit ihrem Sohn Michael untersagt wurde. Die schöne Madeleine zog nach Schaerbeek in die Rue des Pensées und gebar ihrem zweiten Mann ein Mädchen, das Lucienne getauft wurde.

Wolfram Werner versuchte seinem damals zwölfjährigen Sohn zu erklären, daß seine Mutter nicht zu ihm zurückkehren werde, aber es gelang ihm nicht. Zwei Jahre lang wartete der Junge täglich auf ihre Rückkehr, wie er zuvor mehrere Jahre lang darauf gehofft hatte, die plötzliche Kälte, die sie ihm entgegengebracht hatte, möge sich als eine vorübergehende Störung erweisen, als Irrtum. Nach zwei Jahren hatte er verstanden und wurde ein normales Kind mit normalen schulischen Leistungen. Siebzehnjährig wechselte er auf eine Höhere Handelsschule und versah danach mehrere Jahre lang ohne großen Ehrgeiz, aber mit zufriedenstellenden Ergebnissen eine Tätigkeit als Importkaufmann in einer mittelständischen Firma. Nach dem Tod seines Vaters, der ihn ziemlich ungerührt zu lassen schien, trat er in die Detektei ein und machte sich dort bald als Experte für den grauen Kunstmarkt unentbehrlich. Spätestens, als er eine geklaute Madonna wieder in den Schoß der Kirche zurückbrachte, war sein Ruf gefestigt.

Sein Privatleben blieb eher das eines Jugendlichen. Er verkehrte weiterhin mit einer Gruppe von ehemaligen Schulfreunden und Nachbarskindern, auch wenn diese keine Schulfreunde und Nachbarskinder mehr waren und längst eigenen Kleinfamilien vorstanden.

Madeleine Lemaire in Brüssel war ganz verliebt in ihre Tochter, die schon in frühen Jahren ihre spätere Schönheit ahnen ließ und damit auch ihrer Mutter Ehre machte. Das kleine Mädchen war lebhaft, verriet einen wachen Geist, hatte schöne Bewegungen, nichts Plumpes, Abstoßendes, wie Madeleine es ab einem bestimmten Alter bei ihrer ersten Leibesfrucht hatte feststellen müssen. Sie hatte viel Freude daran, sich die Zukunft ihrer Tochter auszumalen.

Dagegen verlief ihre Ehe mit Monsieur Lemaire nicht so, wie sie sich das vorgestellt hatte. Der schöne Mann betrog sie mit der Wissenschaft, der er auch außerhalb der Universität sein Leben widmete. Dabei liebte er seine Frau über alle Maßen und zeigte ihr dies zuweilen auch mit großer Heftigkeit. Was sie vermißte, war zweierlei: daß er sie ein bißchen mehr in die Welt führte, mit ihr reiste – sie war nun nicht mehr die Jüngste! –, und daß er ab und zu mit ihr sprach. Die Reisen von Monsieur Lemaire fanden jedoch in einem Mikrobereich statt, in den ihm seine Frau nicht folgen konnte, und das Sprechen hatte er mehr und mehr verlernt, nicht, weil er die Kunst der Konversation nicht beherrschte, sondern weil er nicht einsah, daß man in der alltäglichen Makrowelt mehr als das Notwendige sprechen müsse.

Madeleine schrieb dann eines Tages aus Kalifornien. Sie entschuldigte sich bei ihrem Mann und ihrer Tochter: sie habe beide sehr lieb, und es sei eine schöne Zeit mit ihnen gewesen, aber immer habe sie die Neue Welt sehen wollen, und da sei dieser nette amerikanische Kunsthändler – der Mann hieß wahrhaftig Samuel Smith! –, der sie auf Händen trage und den sie auch möge.

Patrick Lemaire, der das Wesen eines Lammes hatte, nahm den Verlust seiner Frau, der ihn sehr tief traf, ergeben hin und leitete seine Liebe um auf seine Tochter, die er bis dahin eher beiläufig wahrgenommen hatte. Sie war nun der einzige Mensch, mit dem er privat verkehrte. Einmal, als Lucienne schon studierte und aus Leuven nach Hause kam, traf sie eine junge Frau bei ihrem Vater an und hoffte, ihr Vater möge aus seinem melancholischen Dämmer erwacht sein. Die junge Frau verschwand jedoch fünf Minuten später; sie hatte Monsieur Lemaire lediglich ein paar im Institut vergessene Unterlagen gebracht.

Lucienne wußte nicht, wie sie sich zu dem verhalten sollte, was ihre Mutter getan hatte. Einerseits verstand sie ihren abenteuerlichen Geist, ihren Wunsch, sich noch nicht in einem Brüsseler Vorort zur Ruhe zu setzen. Zum anderen verurteilte sie durchaus ihre Flucht. Daher entschloß sie sich, das Ganze als nicht geschehen zu behandeln: ihre Mutter existierte nicht. Allerdings kam zuweilen Post aus San Diego, mit Einladungen zum Besuch sogar, die Lucienne an die Existenz ihrer Mutter erinnerte. Desto mehr sträubte sie sich dagegen, sie wiederzusehen.

Das war es, was Michael Werner nicht verstehen konnte, denn er kannte keinen größeren Wunsch.

Als er es übernahm, im Auftrag seiner Detektei die Geistesgegenwart auszulösen, hatte er natürlich keine Ahnung, daß er auf diesem Wege seine Halbschwester kennenlernen würde. Als gründlicher Arbeiter rief er jedoch nicht einfach eine Telefonnummer an, wie man es ihm aufgetragen hatte, sondern machte zuvor den dazugehörigen Namen und die Adresse ausfindig. Beides kam ihm bekannt vor. In den ersten drei Jahren nach ihrer Übersiedlung hatte seine Mutter noch manchmal geschrieben. Das war sehr lange her, aber Michael Werner hatte ein gutes Gedächtnis, wie es sich gehörte für seinen Beruf.

Das Gespräch mit Mademoiselle Lemaire verlief deshalb etwas anders, als sie und ihre Auftraggeber es geplant hatten. Michael Werner witterte seine große Chance, und wenig später war er in der Rue des Pensées. Er fand seine Halbschwester sehr attraktiv, aber das war es nicht, was ihn interessierte: sie konnte ihn zu seiner Mutter führen. Geld würden sie in Kürze genug haben, und in Kalifornien könnten sie ein richtiges Familienleben führen: zwei Geschwister, die Mutter und ein Stiefvater. Da der Stiefvater Kunsthändler war, stellte Michael Werner sich vor, ihm mit seinen in den letzten Jahren erworbenen Kenntnissen irgendwie nützlich sein zu können, und Lucienne konnte selbstverständlich ihr Studium fortsetzen.

Als er ihr diese Vorstellungen unterbreitete, stellte Lucienne nur eine einzige Frage:

– In welcher Welt lebst du?

Es war ihm unbegreiflich, warum sie nicht mitgehen wollte. Aber er setzte auf die Überzeugungskraft des Geldes und nahm sich vor, noch einmal zurückzukehren. In Ternell wickelte er sein Geschäft mit Herrn Guttmann ab und fand sich erneut bei Lucienne ein, zählte ihr das Geld vor, zeigte ihr die Flugtickets, in der festen Annahme, nun genug Fakten geschaffen zu haben, um ihren Widerstand zu brechen. Als sie sich weiterhin weigerte, wollte er sanfte Gewalt anwenden, sie gewissermaßen nach San Diego entführen, wenn er auch keine genaue Vorstellung hatte, wie das vor sich gehen sollte. Dann betrat dieser blasse, dunkelhaarige Jüngling den Raum, erhob einen Gegenstand, den zu identifizieren Michael Werner nicht mehr genug Zeit hatte, und es war aus mit ihm.

– Das erschwert das Ganze sehr, sagt Kleff. Mord an einem Blutsverwandten oder auch nur Totschlag, das ist der ideale Boden für falsche Gefühle. Die Presse hätte dich schon erledigt, bevor du auch nur einen Satz gesagt hättest. Du wärst die Blutschwester von Schaerbeek oder etwas Ähnliches, auf jeden Fall ein Monstrum.

– Aber ich habe ihn doch gar nicht getötet, stellt Lucienne fest.

– Das würde keine Rolle spielen. Im Gegenteil, es macht dich nur noch perfider: André wäre das willenlose Werkzeug in deinem teuflischen Plan gewesen, da er rettungslos deiner Schönheit verfallen war.

Wieder sieht er die Tränen kommen, aber diesmal weint sie nicht wirklich. Sie bleibt ganz starr sitzen; nur zwei riesige helle Tropfen kriechen ihr langsam über die Wangen. Er kann dem Impuls nicht widerstehen, steht auf, setzt sich neben sie auf die Couch und nimmt sie in die Arme, nicht wie eine Frau, die man begehrt, sondern wie ein kleines Mädchen, das man trösten muß.

– Ach, Kleff, sagt sie ganz leise, früher habe ich mir das Leben viel schöner vorgestellt.

– Ich auch.

16 Draußen war es schon fast ganz dunkel geworden, aber noch konnte man den Fluß als einen breiten hellgrauen Streifen im Zentrum der zunehmenden Schwärze erkennen. Die beiden Herren prüften ein weiteres Mal die Aufhängung, befanden sie endgültig für gut und traten einige Schritte zurück.

– Ihnen kann ich es ja sagen, aber behalten Sie es für sich, sagte der Direktor. Ich kann zwischen den beiden Dingern keinen Unterschied sehen. Wenn man bedenkt, welchen Aufwand wir betreiben mußten, um das da – er zeigte auf die Wand – wiederzubekommen, während niemand bemerkt hat, daß das da – er zeigte auf den Fußboden – nicht das richtige ist!

– Das eine ist eben das Original, sagte Dillinger, und das andere ist die Fälschung. Übrigens gibt es tatsächlich einen Unterschied. Wenn Sie mal auf dieses Detail in der Astgabel achten wollen.

Die beiden Herren traten wieder einige Schritte nach vorn.

– Tatsächlich, sagte der Direktor schließlich. Aber niemand hat das gesehen, und im Grunde ist die Fälschung auch ein Original. Ein begabter Mann, der das gemacht hat.

– Ein begabter Kopist, präzisierte Dillinger.

– Was machen wir nun damit?

– Wir könnten es dem Detektiv schenken, der uns die entscheidenden Hinweise gegeben hat. Ich kann mir vorstellen, daß er es zu schätzen weiß. Vorerst nehme ich es mit nach Hause. Dillinger ging in die Knie, um das Bild in Packpapier einzuschlagen.

– Was denken Sie, fragte der Direktor, was hätte Magritte zu der ganzen Geschichte gesagt?

– Er hätte sie zunächst analysiert und dann in das Double vielleicht noch ein Schriftelement eingeführt, etwa quer über das Bild geschrieben: C'est ne pas une contrefaçon.

– Möglich.

– Einerlei, sagte Dillinger, jedenfalls sollten wir aufpassen, daß uns niemand sieht, wenn wir das Museum verlassen. Man könnte uns für Diebe halten.

## 17

Schließlich hatte er sie überzeugen können.

– Du würdest ein professionelles Verhör nicht durchstehen, hatte er gesagt. Selbst ich habe früh gemerkt, daß du lügst, obwohl ich sehr sanft mit dir umgegangen bin. Ein Vernehmungsprofi hätte dich in zehn Minuten weichgekocht.

– Woran hast du es gemerkt?

– Du warst sehr tapfer und hast dir alle Mühe gegeben, so ausgekocht wie möglich zu handeln. Aber schließlich hast du etwas sehr Schlimmes erlebt, und das war nicht ganz wegzukämpfen. Du bist erst neunzehn, du gehörst nicht ins Gefängnis. Ich helfe euch vor allem deshalb, weil ich euch beide noch nicht als strafmündig betrachte, wenn ihr es nach dem Gesetz auch seid.

An dieser Stelle hatte Lucienne gelächelt und geantwortet:

– Man findet immer ein edles Motiv, um seine Handlungen zu rechtfertigen.

Kleff hatte zurückgelächelt und geantwortet:

– Du mußt es wissen.

Ich hoffe, Sie hatten einen angenehmen Aufenthalt, sagte der Hotelier, als Kleff die Rechnung bezahlte.

– Ich habe mich sehr wohl gefühlt, sagte Kleff.

– Waren Sie geschäftlich in Brüssel, Monsieur?

– Nein, als Tourist.

– Und wie gefällt Ihnen die Stadt?

– Oh, sehr gut.

– Was hat Ihnen denn besonders gefallen?

– Der Große Markt, sagte Kleff, ist sicher einer der schönsten Plätze in Europa, und wissen Sie, als Vierzehnjähriger war ich schon einmal hier, zusammen mit einem zwei Jahre älteren Schulfreund. Damals stand das Atomium erst zwei Jahre, und wir sind natürlich hingefahren und waren in der obersten Kugel. Das habe ich jetzt wiederholt. Der Ausblick ist wirklich herrlich.

Dazu hatte er natürlich keine Zeit gehabt, aber die Geschichte von früher war nicht erfunden, und Luciennes Satz fiel ihm wieder ein: Früher habe ich mir das Leben viel schöner vorgestellt.

Auf der Fahrt zum Flughafen spricht niemand ein Wort. Kleff weiß nicht, wie er vor André mit Lucienne sprechen soll. André denkt über Kleff und Lucienne nach. Lucienne fühlt sich unbehaglich zwischen ihren beiden Männern. Als sie den Wagen verlassen haben und auf die Abflughalle zugehen, sehen sie sich gegenseitig die Erleichterung so deutlich an, daß sie lachen müssen, sogar André.

Drinnen werden Lucienne und André kreidebleich. Meine Kinder, denkt Kleff und empfindet erstmals in seinem Leben die liebenden Gefühle eines Vaters.

– Noch seid ihr völlig unbescholtene Bürger, sagt er, also reißt euch zusammen und bekommt keine wackligen Knie.

– Ich habe Angst, daß wir nie mehr nach Europa zurückkönnen.

– Unsinn. Erstens: Die Ermittlungen werden irgendwann einmal eingestellt, wenn sie überhaupt aufgenommen werden. Es besteht immer noch die Möglichkeit, daß der Leichnam nicht identifiziert wird. Er war ja schon in einem Zustand, wo –

– Bitte, sagt Lucienne.

– Zweitens: André gibt es nicht. Er wird nicht gesucht werden, wenn überhaupt gesucht wird, weil die Polizei von seiner Existenz nichts weiß. Vorausgesetzt, du hast deiner Freundin in Leuven eine plausible Geschichte erzählt, die deine Abwesenheit erklärt, und Sie (er wendet sich an André) haben glaubhaft machen können, daß Sie längere Zeit in

Italien und Spanien sind, um die Museen zu durchstreifen.

– Was ich wirklich gern tun würde, sagt André.

– Später. Jedenfalls sollten Sie in der Zwischenzeit Ihre Liebste heiraten, dann heißt sie nämlich nicht mehr Lemaire, sondern...

– Toussaint, hilft ihm André.

– Toussaint, wiederholt Kleff. Das heißt nicht, daß Sie dann sofort zurückkönnen. Sie hören von mir, wenn es soweit ist.

– Eine weitreichende Entscheidung, so eine Heirat, gibt Lucienne zu bedenken.

– Ihr seid jetzt vier Jahre zusammen, sagt Kleff. Drüben habt ihr genug Zeit, darüber nachzudenken. Jetzt jedenfalls müßt ihr erst einmal aus Brüssel raus. In Zürich bleibt ihr im Hotel, um keinen Fehler zu machen und nicht aufzufallen. Am besten haltet ihr euch die ganze Zeit auf eurem Zimmer auf. Schließlich seid ihr ja ein Liebespaar, und man versteht sicher, wenn ihr –

– Es reicht, unterbricht Lucienne, aber ihr Blick dabei ist weniger zurechtweisend als amüsiert.

– Werdet ihr euch in Buenos Aires zurechtfinden?

– Wir haben Geld, sagt Lucienne, und André spricht sehr gut spanisch.

Kleff dreht sich André zu, mit fragendem Blick.

– Ja, es wird reichen, sagt der junge Mann bescheiden.

– Bitte vergiß nicht, meinen Vater ins Bild zu setzen, erinnert Lucienne. Alle ihre Ängste scheinen jetzt verschwunden. Sie macht den Eindruck einer jungen Frau, die sich auf eine Weltreise freut. Im Hintergrund hört Kleff den letzten Aufruf für den Flug Sabena 783. Glücklich, endlich die Gelegenheit zu haben, wendet er sich an André und sagt:

– Sie müssen jetzt gehen, sonst verpassen Sie noch Ihre Maschine.

Der junge Mann nickt ihm zu, beinahe bewundernd wegen seiner Umsicht. Es ist Lucienne, die seinen kleinen Triumph zerstört, indem sie mit einem unverschämt strahlenden Lächeln sagt: – Ja, den Film möchte ich auch mal wieder sehen.

## 18

Lucienne hat sich, als sie und André schon jenseits der Sperre waren, noch einmal umgedreht und ihm zugelächelt, nicht unverschämt diesmal, sondern in einer Mischung aus Dankbarkeit und Hilflosigkeit. Kleff hat sofort gewußt, daß dieses Bild sich in ihm festsetzen und noch nach Jahren immer wiederkehren werden würde. Er hat die Halle sehr schnell verlassen und ist sofort losgefahren.

Beinahe drei Stunden dauert die Fahrt, weil er trödelt. Es ist einer der vermutlich letzten strahlenden Oktobertage des Jahres; um die Mittagszeit ist es noch einmal fast sommerlich warm geworden. Je weiter er nach Süden kommt, desto leerer erscheinen ihm die Autobahn, die Orte, die Felder, selbst der Himmel, und das Grauen, er könne ganz allein auf der Welt sein, ergreift Besitz von ihm. Auch die luxemburgische Grenze ist verwaist; er muß nicht einmal langsamer fahren, als er sie passiert. Erst als er in die Hauptstadt einfährt, gibt es wieder Hindernisse und Widerstände. Der Schrecken weicht langsam von ihm: die Welt ist doch noch nicht ganz leer.

Er nimmt irgendeine. Wahrscheinlich wählt er nach ästhetischen Gesichtspunkten aus. Diese hier hat eine blaue und eine weiße Linie und einen eleganten Schriftzug im Signet. Sie wirkt nicht zu abweisend und dennoch seriös. Er geht hinein. Ein Angestellter inspiziert ihn etwas skeptisch, jedoch ohne die Gebote der Höflichkeit zu überschreiten. Kleff hat in den letzten Nächten schlecht geschlafen, und seinem Gesicht mag man ansehen, daß er böse Wochen hinter sich hat. Denn böse Wochen waren es: das ist ihm auf der Fahrt klargeworden, als plötzlich nichts mehr zu tun war und die Gedanken zügellos über ihn herzufallen begannen.

Auch für Lucienne und André waren es böse Wochen, und er hofft aufrichtig, daß es ihnen gelingt, sie zu vergessen. Alles, was passiert ist, vollständig zu vergessen. Ihm gelingt es nicht, die beiden als Personen zu sehen, die ein »Verbrechen« begangen haben. Sie haben lediglich, wie die meisten Menschen, Unglück gehabt, wobei ihnen davon ein größeres Maß zugeteilt wurde als vielen anderen. Seine ganze Hoffnung ist jetzt, es möge ihnen noch einmal gelingen zu leben.

– Kann ich Ihnen weiterhelfen? fragt der Angestellte.

– Ich glaube doch, sagt Kleff. Ich möchte bei Ihnen ein Konto eröffnen.

– Vermutlich zahlen Sie bar ein? fragt der Angestellte.

– So ist es. Ich möchte mit sechzigtausend Mark beginnen.

Abends ißt er eine Kleinigkeit beim Türken. Mit Linda hat er sich extra spät verabredet, um nicht mit ihr essen zu müssen.

– Lange nicht gesehen, sagt der Türke.

– Sie wissen ja, manchmal bin ich für längere Zeit beruflich unterwegs.

Der Türke nickt. Er hat keine Ahnung, welchen Beruf Kleff ausübt, und er ist viel zu höflich, um danach zu fragen.

– Na, sagt er, da sind Sie sicher froh, wieder zu Hause zu sein.

Linda erkundigt sich nach dem zurückliegenden Auftrag ohne jedes Interesse. Er spürt sofort, daß sie darauf brennt, ihm etwas anderes mitzuteilen. Aus Bosheit hält er sich besonders lange bei dem Auftrag auf, erzählt alle Details, die er gefahrlos erzählen kann, und sieht, wie ihre Ungeduld von Minute zu Minute wächst. Zum Abschluß sagt er:

– Ich habe ziemlich gut verdient.

– Das freut mich, sagt sie und kann es dann nicht

länger für sich behalten: – Ich habe jemanden kennengelernt. Es ist die große Liebe, Kleff. Wir müssen uns trennen.

– Aber wir haben uns doch schon längst getrennt, sagt er. Wir haben es nur nicht gleich bemerkt. Übrigens habe auch ich jemanden kennengelernt.

Linda ist sehr erleichtert.

– Das freut mich für dich. Auch die große Liebe?

– Ich denke schon, sagt er, aber die Bedingungen sind nicht so, daß wir sie leben könnten.

– Das verstehe ich nicht. Wenn es Liebe ist, ist es auch zu leben, egal, wie die Bedingungen sind.

– Ich kann es dir nicht erklären, sagt Kleff.

Er ist gerade nach Hause gekommen, als Dillinger anruft.

– Ich hatte so ein Gefühl, als müßten Sie wieder in der Stadt sein.

– Seit heute, ja.

– Hatten Sie Erfolg?

– Mein Auftrag ist abgeschlossen, sagt Kleff. – Und Sie?

– Ja, wir haben das Bild wieder, und Herr Guttmann sitzt jetzt in Untersuchungshaft und fragt sich vermutlich, was er falsch gemacht hat. Irgendwie tut er mir leid.

– Von dem Detektiv haben Sie nichts gehört?

– Nein, sagt Dillinger, scheint so, als bliebe er verschwunden. Vielleicht macht er sich irgendwo ein schönes Leben.

Kleff hat noch einmal das geschundene Stück Fleisch vor Augen, das er im Brüsseler Leichenschauhaus gesehen hat.

– Ich würde Sie gern für morgen abend zum Essen einladen, wenn es Ihnen paßt, sagt Dillinger, zu mir nach Hause. Kochen ist meine Leidenschaft.

So etwas hat Kleff sich schon gedacht. Es paßt zu Dillinger: ein Mann der schönen Dinge. Wenn er das Essen serviert, wird es zugleich ein Bild sein. Kunst überall, von den Küchengeräten bis zur Toilettenspülung. Das Leben ein Fest der Schönheit. Plötzlich ist ihm der Museumsmann äußerst zuwider, beinahe verhaßt. Er muß sich beherrschen, als er antwortet:

– In den nächsten Tagen möchte ich gern allein sein.

Er kann Dillingers Enttäuschung hören.

– Ich melde mich bald bei Ihnen, lügt Kleff.

Morgens ist es jetzt schon sehr frisch, und viele Blätter an den Bäumen haben eine rostbraune Färbung angenommen. Um diese Zeit sind die Geschäfte noch geschlossen, bis auf die Bäckereien und die Zeitungsläden. Auf dem Weg zum Park sieht er, daß zwei kleine Modeläden es nicht geschafft haben. Während der eine noch mit dem Totalausverkauf wegen Geschäftsaufgabe beschäftigt ist, steht der andere, dreißig Meter weiter, schon zu vermieten. Auskunft erteilt 21 14 33, abends nach achtzehn Uhr anrufen.

Vor allem die Hunde mit ihren Rentnern sind jetzt unterwegs im Park. Von dessen höchstem Punkt aus sieht Kleff auf den See jenseits der Straße, auf dem er mit Mühe die Schwäne erkennen kann. In der Nähe des Sees bewegen sich kleine Punkte: die ersten Jogger. Er hätte Lucienne das alles gern gezeigt, ihr die Tür zu seiner Welt geöffnet, nachdem er eine Weile in ihrer gewohnt hatte. Keiner von beiden hätte dabei den anderen zu sich herüberziehen müssen. Die zwei Autostunden nach Brüssel, so findet er, wären die ideale Entfernung gewesen, um das Begehren wachzuhalten, für immer.

Dann geht er zu seiner Trauerweide und nimmt die Übungen auf: *Buddha die Ehre erweisen. Den Vogel beim Schwanz fassen. Peitsche.*

Soweit ist er, als der ältere schwerhörige Herr vorbeikommt, den er seit damals nicht mehr gesehen hat. In der Zwischenzeit hat seine Hinfälligkeit Fortschritte gemacht: er stützt sich nun auf einen Stock. Aber seine Stimme ist immer noch sehr kräftig.

– Ah, brüllt er, da ist ja unser Chinese! Immer noch beim Schattenboxen!

– Ganz recht, brüllt Kleff zurück, ohne auf seinem Weg zur nächsten Figur innezuhalten.

*Der Kranich breitet seine Flügel aus.*

# III

Dies ist die Nacht; wer sie so nicht
hat fühlen können, der kennt sie nicht.
Alles im Leben ist Scheiße, und wir
sind Blinde in der Nacht, angespannt
und ohne zu verstehen.

Juan Carlos Onetti
*Der Schacht*

1 Der Winter ist schmutzig, wie immer hier. Selten bleibt der Schnee länger liegen als ein paar Stunden, wenn überhaupt Schnee fällt: das geschieht in diesen Monaten höchstens vier- oder fünfmal. Eine graugelbe Wolke wölbt sich über der Stadt, deren Bewohner mit hochgezogenen Schultern und gesenktem Kopf durch die Straßen gehen. Sie versuchen sich vor der Feuchtigkeit zu schützen, die in dieser Zeit alles durchdringt, vielleicht aber auch vor den toten Blicken ihrer Mitbürger, in denen sie zu deutlich ihre eigenen wiedererkennen würden. Für die Jahreszeit zu mild, meldet der Wetterbericht, was den labilen Naturen sehr zu schaffen macht. Die Notarztwagen rücken oft aus in diesen Monaten.

Kleff hat verreisen wollen, aber zwei kleinere Aufträge haben ihn dann doch hier festgehalten. Er hätte sie nicht anzunehmen brauchen, aber er hat gedacht, es könne gut für ihn sein, sich nach dem spätsommerlichen Melodram wieder mit der ganz alltäglichen Arbeit eines Schnüfflers zu beschäftigen. Er ist viel ins Kino gegangen – die einzig segensreiche Erfindung des 20. Jahrhunderts! hat er im stillen eines Abends beim Verlassen einer Spätvorstellung ausgerufen – und er hat seine Übungen gemacht, nicht mehr im Park, sondern zu Hause.

Jetzt sind zehn Wochen vergangen, und er denkt, die Zeit sei reif, um ohne großes Risiko nachfragen zu können. Ein großer Dreckspritzer hat sich auf der Glasscheibe festgefressen und verdeckt einen Teil der Kreditkartensymbole. Er muß etwas warten, bis der Summton kommt und er die Tür aufdrücken kann. Eine Blondine in einem zitronengelben Kleid, das offenbar den fernen Sommer beschwören soll, sieht ihm entgegen und fragt: – Hatten Sie einen Termin?

– Nein, sagt Kleff, aber ich möchte trotzdem Herrn Pelkau sprechen.

– In welcher Angelegenheit?

– Von Kollege zu Kollege, sagt er und gibt ihr seine Karte. Jahrelang hat er sich geweigert, den Unsinn mit den Karten mitzumachen, dann hat er resigniert, ebenso wie mit dem Anrufbeantworter. Derlei Accessoires scheinen zur Signatur einer Zeit zu gehören, die keine Muße mehr hat, sich etwas aufzuschreiben oder es, beim Schweigen am anderen Ende der Leitung, am folgenden Tag noch einmal zu versuchen.

– Kennen Sie Herrn Pelkau? fragt die Blondine.

– Nein, sagt Kleff gereizt, ich komme nur hier herein, um nachzusehen, ob er blonde oder dunkle Haare hat! Nun machen Sie schon! Es ist wichtig, und ich habe meine Zeit nicht gestohlen.

Er hat unendlich viel Zeit, aber der stupide Eifer, mit dem sie ihren Chef vor unerwünschten Besuchern zu schützen bemüht ist, hat ihn rasend gemacht. Sie schreckt zusammen und ordnet ihn dann den Leuten zu, die vermutlich eine gewisse Berechtigung haben, mit ihrem Chef zu sprechen.

Pelkau erwartet ihn im hinteren Zimmer. Er ist überrascht, als er Kleff sieht.

– Also, Sie sind das, sagt er, jetzt erinnere ich mich. Mit Ihrem Namen hatte ich weiter nichts verbunden. Ich hoffe, Sie nehmen mir das nicht übel.

– Es geht mir nicht darum, eine Berühmtheit zu sein, sagt Kleff.

– Was kann ich für Sie tun?

– Ich kam zufällig hier vorbei, und mir fiel die Geschichte mit dem Magritte-Bild und Ihrem Mitarbeiter wieder ein, wie war doch gleich sein Name?

– Michael Werner.

– Richtig. Mir fiel also die Geschichte mit Michael Werner und seinem Verschwinden wieder ein, und obwohl ich keinen Auftrag habe, bin ich doch neugierig, ob er jemals wieder aufgetaucht ist und von sich hat hören lassen.

Pelkau schüttelt den Kopf.

– Nein. Das ist die merkwürdigste Geschichte, die ich in meinen Beruf erlebt habe. Er ist wie vom Erdboden verschwunden, und die Ermittlungen sind eingestellt. Es gibt nicht die geringste Spur. Vermutlich macht er sich irgendwo ein schönes Leben. Außerdem scheint er klug genug zu sein, um nicht die berühmte Postkarte aus Rio oder sonstwoher zu schreiben.

Er würde schon schreiben, denkt Kleff, wenn er

noch könnte. Aber das ist doch merkwürdig, daß man nicht einmal überprüft zu haben scheint, wie er das Land verlassen haben könnte. Das gehört doch zur Routine, und dann wäre man auch auf Lucienne gekommen und auf mich. Sieht fast so aus, als hätte jemand den Eifer der Ermittler gedämpft. Daß man den Toten aus der Brüsseler Morgue nicht identifiziert hat, ist eine andere Sache: das war sehr schwer, wenn man nicht schon vorher eine Vermutung hatte.

– Ja, sagt er, dann bleibt Ihr Mitarbeiter wohl verschwunden. Fühlen Sie sich nicht ein wenig hintergangen?

– Ach, hintergangen ist nicht das richtige Wort. Was immer auch passiert sein mag, ich werde das Gefühl nicht los, es muß etwas sehr Trauriges gewesen sein, und es macht auch mich sehr traurig.

Bei diesem Satz zieht Kleff es vor, sich zu verabschieden.

Draußen ist es schon wieder dunkel geworden, gerade wenige Minuten nach halb fünf. In Buenos Aires, denkt er, ist jetzt Sommer. Er wird nach Hause gehen und einen Brief in den Sommer schreiben.

2 Du bist auch ein sentimentaler Hund: als er nach Liège hineinfährt, erinnert er sich wieder an Luciennes Satz. Könnte sie ihn jetzt beobachten, würde

sie sich bestätigt fühlen. Diesmal ist es ein Samstag; das Bistro ist nicht ganz so voll wie vor vier Monaten, und es finden keine erregten Diskussionen unter den Gästen statt. Er sitzt am gleichen Tisch wie damals und sieht sich, während er auf sein Tagesgericht wartet, noch einmal das Foto des toten Dichters an. Der Wirt stutzt, als er ihm das Essen bringt, mustert ihn kurz, aber dann wird sein Blick wieder desinteressiert. Er hat ihn nicht erkannt. Für einen Augenblick ist Kleff gekränkt, auch traurig: bestätigt es ihm doch ein weiteres Mal, wie allgemein und umfassend das Vergessen ist. Dann lacht er über sich selber. Schließlich hat der Wirt ihn nur einmal gesehen, hat ein paar Minuten mit ihm gesprochen, damals im Oktober, und hat seitdem jeden Tag viele Gäste gehabt. Es wäre auch gar nicht gut, wenn er ihn erkennen würde: er würde ihn vielleicht nach der Liebe fragen, derentwegen er damals nach Brüssel gefahren sei, und Kleff müßte bedauernd mit den Schultern zucken.

Heute sind nicht nur Männer hier, sondern auch einige Familien mit ihren Kindern. Anders als in Deutschland, langweilen die Kinder sich nicht. Essen zu gehen macht ihnen schon die gleiche Freude wie den Erwachsenen. Zwar springen sie manchmal von ihren Stühlen auf und toben durch den Raum, dabei immer drauf und dran, einen Teller oder ein Bierglas von den Tischen zu reißen, aber dann kehren sie zu ihren Eltern zurück, um das Dessert zu erwarten.

Zu seinem Essen hat Kleff eines der höherprozentigen Biere bestellt, und nun läßt er sich noch eins kommen. Natürlich sollte er das nicht tun, er muß noch fahren. Gerade läuft hier eine Kampagne gegen Alkohol am Steuer. In regelmäßigen Abständen sind am Rande der Autobahnen Schilder aufgepflanzt, die die junge Mutter und ihr Kind zeigen oder aber den Mann, der liebend seine Frau umarmt, dazu auf französisch oder flämisch der Text: Ich habe zuviel zu verlieren, um mich mit Alkohol ans Steuer zu setzen. Na, denkt Kleff jetzt, das ist Scheiße für euch, wenn ihr soviel zu verlieren habt, und er beginnt die jungen Familien an den Nebentischen, die er eben noch mit Sympathie betrachtet hat, gründlich zu hassen. Das zweite Bier macht ihn dumpf, und er hat keinen sehnlicheren Wunsch, als hier sitzenzubleiben und noch eins zu trinken und noch eins, um dann am Tisch einzuschlafen, bis das Bistro schließt und der Wirt ihn weckt.

Erst als er in die Rue des Pensées einbiegt, wird sein Kopf wieder klar. Die kräftige Februarsonne während der Fahrt hat ihm nicht geholfen, sondern ihn eher noch dumpfer gemacht, und er hat sich nicht aus seinen düsteren Gedanken befreien können. Er ermahnt sich: er hat hier eine wichtige Aufgabe zu erfüllen. Während er wartet, daß jemand die Tür öffnet, hegt er eine Sekunde lang die wahnwitzige Hoffnung, sie selber möge ihm gleich gegenüberstehen. Aber natürlich ist es ihr Vater, der nun langsam die Tür aufmacht und dabei ein Lächeln versucht.

So ungefähr hat er ihn sich vorgestellt. Monsieur

Lemaire ist ein mittelgroßer Mann mit fast schwarzem Haar und braunen Augen. Er trägt einen dunkelblauen Anzug und ein Hemd ohne Krawatte. Man sieht sofort, daß alles sehr teuer gewesen ist, aber er trägt diese Sachen in aller Unschuld. Er weiß nicht einmal, daß sie sehr teuer sind. Vermutlich hat er sie einfach im Vorbeigehen gekauft, in London vielleicht, woher er vor einigen Tagen zurückgekehrt ist.

Er bittet Kleff in den wohlbekannten Raum, bietet ihm sogar, unwissentlich natürlich, *seinen* Platz an. Tee gibt es dagegen nicht. Monsieur Lemaire serviert Kaffee, der Kleff in diesem Moment sehr willkommen ist.

– Aus den wenigen Notizen, die Lucienne zurückgelassen hat, sagt Monsieur Lemaire, und aus den Andeutungen, die Sie am Telefon gemacht haben, bin ich nicht so recht schlau geworden.

– Deshalb komme ich ja zu Ihnen: um in Ruhe zu erzählen.

– Lucienne muß etwas sehr Schlimmes getan haben, fährt Monsieur Lemaire fort, und Kleff sieht plötzlich die präzis verlaufenden Kummerfalten unterhalb der Wangen, die bis zu den Mundwinkeln reichen.

– Lucienne hat gar nichts getan, sagt er. Niemand hat etwas Schlimmes getan, es ist nur einfach etwas passiert.

– Wenn es so ist, hätte sie nicht das Land zu verlassen brauchen.

– Die Polizei und die Justiz würden die Geschichte

vielleicht anders ansehen als ich, sagt Kleff. Ich verstehe nicht viel von der modernen Diskussion in der Physik, aber wenn ich mich recht erinnere, ist man übereingekommen, daß der Beobachter die Realität nicht einfach erkennt, sondern allererst schafft.

– Das stimmt, nickt Monsieur Lemaire. Ich habe in dem jetzt abgelaufenen Jahr Teilchen entdeckt, die vorher niemandem bekannt waren. Und warum? Weil ich sie entdecken wollte.

– Na, dann bekommen Sie ja bald den Nobelpreis.

– Vielleicht.

Und das hat Monsieur Lemaire so ohne alle Arroganz gesagt, so ohne verächtliches Schulterzucken, überhaupt ohne *attitude*, daß deutlich wird: die Aussicht auf den Nobelpreis erfüllt ihn mit totalem und in keiner Weise gespielten Desinteresse. Die gleiche Unschuld, denkt Kleff, mit der er seine teuren Sachen trägt.

Dann beginnt er zu erzählen: wie das Bild gegen eine Fälschung ausgetauscht wurde; wie der Detektiv, der es zurückkaufen sollte, verschwand; wie Kleff von Dillinger den Auftrag bekam, das Bild und den Detektiv zu suchen; wie er nach Brüssel fuhr und Kontakt zu Monsieur Lemaires Tochter aufnahm; wie er nach Ostende fuhr und danach noch einmal nach Brüssel zurückkehrte; wie er Herrn Guttmann im Eupener Wald ausmachte.

Und weiter: wie er einen Auftrag von Lucienne bekam; wie er den toten Detektiv im Leichenschauhaus ausfindig machte; wie ihm Lucienne endlich den wahren Hergang erzählte und wie er ihr und André aus dem Land geholfen hat. Monsieur Lemaire folgt seiner Erzählung fast unbewegt, nur in seinem Gesicht kann man minimale Spuren von Ungläubigkeit, Erstaunen und Entsetzen lesen. Als Kleff geendet hat, sitzen sie einige Minuten schweigend einander gegenüber, bis er spürt, daß er als erster etwas sagen muß, um Luciennes Vater aus dem Zustand der Starre zu befreien.

– Die letzten Jahre müssen sehr schwer für Sie gewesen sein, sagt er, und was ich Ihnen jetzt berichtet habe, fügt sicher noch einiges an Schwere hinzu.

Monsieur Lemaire braucht eine weitere Minute, ehe er antworten kann:

– Ja, mein Leben ist mir nicht sonderlich gut gelungen.

3 Der Brief kam eine Woche, nachdem Kleff Monsieur Lemaire besucht hatte. Zum ersten Mal sah er ihre Handschrift: sehr große Schriftzüge, so daß auf jedes Blatt nur wenige Zeilen paßten, eine expressive Kalligraphie. Sie hatte ohne Absatz geschrieben, offenkundig immer dem folgend, was ihr gerade einfiel: keine Streichungen, Verbesserungen, Neuanfänge, keine Zensur.

Wir wohnen im Barrio Norte, schrieb sie, wo die reichen Leute wohnen, denn schließlich gehören wir jetzt dazu. Die Avenida Santa Fe ist sehr lang, wie manche Straßen hier. Es hat nichts weiter zu bedeuten, daß wir gerade in der Nummer 1000 wohnen. Das Haus hat einen Pförtner, der gut aufpaßt, wer es betritt und verläßt. Ein Auto haben wir nicht gekauft, sondern benutzen immer das Taxi. Jetzt ist Sommer, und es ist im übrigen das beste, zu Hause zu bleiben. Die Luft ist so feucht, daß mein Kleid nach fünf Minuten klatschnaß ist, wenn ich mich auf die Straße wage. Wir warten auf den Herbst, der hier die schönste Zeit sein soll. Es ist fast unmöglich, von hier aus ins Ausland zu telefonieren; es ist überhaupt fast unmöglich zu telefonieren. Vorgestern bin ich an der italienischen Botschaft vorbeigekommen und habe zum ersten Mal die Menschenschlange dort gesehen. Die Leute stehen um die italienische Staatsbürgerschaft an. In der Regel haben sie auch einen Anspruch darauf. Ihre Großeltern sind damals, 1900 oder 1920, aus Italien eingewandert, und die Enkel wollen nun zurück. Die Situation hier ist hoffnungslos für sie. Wenn man nur durchschnittlich verdient, kann man in dieser Stadt nicht mehr leben. Jeden Tag wird alles teurer, wirklich jeden Tag. Die italienische Botschaft läßt täglich nur zehn bis zwölf Personen vorsprechen, dann schließt sie. Man muß sich also unter Umständen tagelang anstellen, im Stellvertretersystem, darf den Platz nicht preisgeben. Ich habe eine halbe Stunde eine junge Frau vertreten, die einen Kaffee trinken gehen wollte. Alle emigrieren hier, aber wir sind doch gerade erst gekommen und möchten gern bleiben. Die Stadt ist schön. Sie ist rechteckig wie Manhattan. André und ich waren immer stolz darauf, aus Brüssel zu sein und nicht aus Antwerpen oder Gent, aber gegen das hier ist unsere Heimatstadt ein Dorf. Wir sind immer noch ganz eingeschüchtert, wenn wir durch die großen Avenidas gehen, und halten uns eng beieinander. Buenos Aires ist eine Welt, man braucht nichts anderes mehr: deshalb zugleich auch sehr provinziell. Die Menschen sind eigentlich keine Argentinier. Argentinier gibt es nicht. Alle sind immer noch Immigranten. Die Argentinier stammen von den Schiffen ab, heißt ein Satz. Übrigens ist hier alles Vergangenheit. An heute und morgen glaubt niemand. Mir geht es nicht anders. Ich tue nichts. André malt auf großformatige Leinwände Sitzmöbel aller Art: Stühle, Hocker, Sessel, Sofas, Liegestühle, überwiegend im Freien stehend, auf einem Rasen oder an einem Strand. Ich bin froh, daß er *irgend etwas* tut, denn es ist schwer mit ihm. Er spricht viel von Schuld. Wir haben das Geld auf verschiedene Banken verteilt, aber nicht wirklich gut angelegt, glaube ich. Wir verstehen nichts davon und haben niemanden, der uns beraten könnte. Irgendwann wird es alle sein, denke ich. Schon jetzt habe ich das Gefühl, es wird jede Minute weniger. Aber das kann doch nicht sein, oder? Ich glaube, wir werden nie mehr nach Europa zurückkehren, vielleicht nicht einmal mehr die Stadt verlassen. Mit der Fähre kann man nach Montevideo hinüberfahren. Dort soll alles ruhiger, klarer und sanfter sein als hier. Ich würde gern hinfahren, aber André sagt immer: noch nicht. Er sagt zu fast allem: noch nicht. Es wäre gut, wenn wir mehr Leute kennen würden, vielleicht wäre er dann nicht ganz so düster. Seine Bilder sind übrigens gar nicht düster, die hellen Farben dominieren. Obwohl es Ölbilder sind, wirken sie fast wie Aquarelle. Nur sind sie ziemlich leer, und die Stühle stehen sehr einsam in der Landschaft. Ich tue nicht gar nichts: ich lerne Spanisch bei einem Privatlehrer einige Blocks weiter. Er ist ein freundlicher älterer Herr, der viel von früher erzählt und mir im übrigen genüßlich und ohne es groß zu verstecken auf den Busen starrt. Aber er macht keinerlei Anstalten, mich etwa zu betatschen. Auch der Tango scheint Vergangenheit zu sein, aber das stimmt nicht. Natürlich hört man hier vor allem, was man überall sonst auch hört. Bleibt man aber einen Augenblick stehen und konzentriert sich, kann man überall den Tango hören: aus Cafés, aus Autos, aus offenen Fenstern. Er ist die Basismelodie der Stadt, noch immer. Ich komme zum Schluß. Du hast uns sehr geholfen, wir danken Dir dafür. Nun müssen wir uns selber helfen. Grüße auch von André, er malt gerade wieder. Dich zu einem Besuch einzuladen, wage ich nicht, obwohl Du willkommen bist. Wir würden Dir alles zeigen, was wir schon kennen. Die Frauen hier würden Dir gefallen, sie sind sehr schön. Aber Du willst uns sicher vergessen, und auch wir sollten besser das Gestern vergessen. Das heißt nicht, ich wiederhole mich, daß wir an heute oder morgen glaubten. Ab und zu werde ich an Dich denken, an Deine schönen Hände und Augen. Addios, L.

4 Die Dämmerung hatte schon eingesetzt, als Kleff die Ausfallstraße nach links verließ und in die Allee einbog. Langsam rollte er in die kleine Seitenstraße hinein. Über den Haustüren brannten schon die Außenbeleuchtungen, altdeutsch oder italienisch. Er stieg die wenigen Treppenstufen hinauf, drückte auf die Klingel und wartete. Von innen näherten sich Schritte, in der Diele sprang plötzlich das Licht an, und ein Riese in einem schwarzen Seidenanzug über einem dunkelgrünen Pullover riß die Tür auf und sah auf Kleff hinunter.

– Guten Abend, Herr Dillinger, sagte Kleff.

– Wie schön, daß Sie meine Einladung angenommen haben, sagte Dillinger, trat zur Seite und bat ihn mit einer knappen Geste ins Innere des Hauses.

Kleff sah ihm zu, wie er in der Küche hantierte. Sie können mich gern in die Küche begleiten, hatte Dillinger gesagt, und Kleff spürte nun, daß er sich unbedingt bei seinen Arbeiten zusehen lassen wollte. Der Museumsmann hatte sich heute für japanisch entschieden. Er mußte bereits längere Zeit hier gestanden und Vorbereitungen getroffen haben. Eine Miso-

Suppe gab es, einen kleinen Salat, einen Sashimi-Gang, dann Meeresfrüchte gebacken mit allerlei Gemüse. Um den rohen Fisch zu schneiden, bediente Dillinger sich eines echt japanischen Küchenmessers: Sashimi Hocho. Das alles sollte Kleff sehen: Dillinger, der Samurai, der in der Küche sein Ritual vollzog.

Eine Durchreiche verband die Küche mit dem Eßzimmer, das nur mit einem hellen Eßtisch und vier passenden Stühlen möbliert war: die Wände weiß und kahl.

– Um ehrlich zu sein, war ich damals ein bißchen traurig, daß Sie sich nicht mehr gemeldet haben, sagte Dillinger. Sogar etwas gekränkt.

Das macht ihn fast wieder sympathisch, daß er seine Kränkung zugibt, dachte Kleff.

– Wissen Sie, ich wollte damals diese Geschichte so radikal wie möglich vergessen. Das war nicht einfach für mich. Es gab da einige Vorfälle, die mich etwas mitgenommen haben.

– Ja, da muß manches Seltsame vorgefallen sein. Dieser Detektiv ist jedenfalls spurlos verschwunden. Es ist erstaunlich, wie endgültig jemand verschwinden kann. Man sollte doch annehmen, daß es immer irgendwelche Spuren gibt, aber in diesem Falle scheint tatsächlich keine einzige zu existieren.

– Es hätten sich schon welche finden lassen, denke ich, aber ich habe fast den Eindruck, als habe man das nicht gewollt. Als ob jemand an den Ermittlungen gedreht hätte.

– Vielleicht war es so.

– Ich könnte noch immer sehr viel Licht in die Sache bringen, fuhr Kleff unter einem plötzlichen Geständniszwang fort, nur würde es mir selber nicht gut bekommen. Über Michael Werner zum Beispiel könnte ich Ihnen soviel sagen, daß –

– Danke, unterbrach Dillinger ihn hastig, das genügt. Ich möchte nicht zuviel wissen, denn ich weiß ohnehin mehr, als Sie glauben. Natürlich habe ich mir schon früh gedacht, daß dieses Mädchen bei der ganzen Geschichte eine viel wichtigere Rolle spielte, als wir zunächst annahmen. Vielleicht auch eine, die nicht ganz sauber war.

– Sie hat nichts Böses getan, sagte Kleff scharf.

– Niemand behauptet das. Man wird leicht in Dinge verwickelt, auch in Handlungen, die man nicht gewollt hat. Ein Großteil unseres Lebens funktioniert nach diesem Prinzip.

– Es überrascht mich, daß Sie so denken, sagte Kleff. Auf mich wirken Sie wie jemand, der sein Leben im Griff hat.

– Wer also glaubt, sagte Dillinger lächelnd, daß er nach freiem Beschluß des Geistes rede oder schweige oder irgend etwas tue, der träumt mit offenen Augen. Ich glaube, Sie schätzen mich falsch ein. Sie mögen mich nicht besonders. Am Anfang haben Sie mich gemocht, aber dann bin ich Ihnen zu perfekt erschienen, zu glatt, zu erfolgreich, während Sie es lieber mit den Verlierern halten.

– Das Letzte stimmt nicht ganz, unterbrach Kleff. Ich habe auch ganz gern mit Gewinnern zu tun, zumal sie in der Regel besser bezahlen. Aber es ist schon wahr: wie Sie sich eingerichtet haben, wie Sie sich aus der Affaire ziehen, das kotzt mich an. Wie Sie sich zum Beispiel dagegen sträuben, den ganzen Hergang der Geschichte zu erfahren. Sie wollen sich nicht die Hände schmutzig machen.

– So ist es, sagte Dillinger ruhig. Ich nehme an, Michael Werner ist etwas Schlimmes passiert. Ich nehme weiter an, die kleine Lucienne hat etwas damit zu tun, wenn ich auch nicht genau weiß, was es ist. Ferner nehme ich an, daß Sie ihr auf eine nicht ganz legale Art und Weise aus der Patsche geholfen haben.

– Sie war meine Mandantin.

– Das entschuldigt nicht alles. Soweit ich weiß, gibt es da Grenzen der Loyalität. Egal: ich will es nicht wissen, verstehen Sie? Angenommen, Michael Werner ist tot: ich habe ihn nicht getötet und trage an seinem Tod keine Schuld. Sie auch nicht, wenn ich auch früh geahnt, ja gewußt habe, daß Sie etwas verschweigen. Ich habe mich damit abgefunden, daß Sie mich nicht mögen; ich mag Sie und habe alles darangesetzt, daß die Ermittlungen im Sande verlaufen oder genauer: daß sie gar nicht erst den richtigen Schwung bekommen. Es ist nicht einfach gewesen, das dürfen Sie mir glauben. Sie haben Lucienne geholfen – das haben Sie doch, nicht wahr? –, weil sie in Handlungen verstrickt war, die sie nicht gewollt hatte. Das war Ihre Moral. Vielleicht, ganz sicher, war auch noch Liebe im Spiel, aber ich halte mich jetzt nur an die Moral. Ich habe Ihnen geholfen, weil Sie auch verwikkelt waren und ich die Verantwortung dafür trug. Das war meine Moral.

– Danke, sagte Kleff. Es war ehrlich gemeint, aber seine Stimme konnte noch immer einen leisen Groll nicht unterdrücken. Er versuchte es noch einmal in einer anderen Tonlage.

– Vielen Dank, wirklich.

Später, nachdem Kleff das schmutzige Geschirr in die Durchreiche gestellt und Dillinger es in der Spülmaschine verstaut hatte, sind sie nach oben gegangen. Es gibt hier nur zwei Räume, ein großes Arbeitszimmer, aus dessen Fenster man in den kleinen Garten hinter dem Haus hinabsehen kann, und eine Art Abstellkammer, in der Dillinger jetzt herumwühlt.

– Hier ist es, sagt er und zieht einen handlichen, in Packpapier eingeschlagenen Gegenstand hervor.

Kleff hat nicht verstanden.

– Können Sie es sich nicht denken? Die Fälschung.

– Ach so. Ja, was geschieht damit?

– Ich möchte Sie Ihnen schenken.

Zuerst will er ablehnen. Er möchte nicht zu Hause ständig an diese Geschichte erinnert werden. Dann denkt er: Es ist eine Arbeit von André, immerhin von Luciennes Geliebtem, und ich hätte auch eine Erinnerung an sie. Dann denkt er wieder: Nein, es ist eine Arbeit von ihm, nicht von ihr, und würde mich nur eifersüchtig machen.

– Sie zögern? fragt Dillinger. Warum? Die Fälschung verrät jemanden mit großem Talent. Sie können Sie sogar als Original betrachten.

– Machen Sie mit dem Bild, was Sie wollen, sagt Kleff, ich will es nicht haben. Auf eins mehr oder weniger in Ihrer Rumpelkammer kommt es doch nicht an.

– Ich werde es für Sie aufbewahren. Vielleicht überlegen Sie es sich noch.

Die Nacht hat schon begonnen, als Dillinger ihm die Haustür öffnet.

– Ich habe Sie nicht deshalb eingeladen, glauben Sie mir, sagt er, aber ich will Sie dennoch fragen. Man hat vorgestern wieder ein Bild aus dem Museum gestohlen, diesmal ohne Fälschung als Gegenwert. Die Summe, die verlangt wird, ist akzeptabel, und wir werden sie bezahlen. Wollen Sie sie überbringen? Es ist ganz unkompliziert, eine rein innerdeutsche Angelegenheit, nach Belgien müssen Sie nicht.

Kleff lacht und schüttelt den Kopf.

– Wen hat es denn diesmal getroffen?

– Cy Twombly, sagt Dillinger. Crimes of Passion.

– Es tut mir leid, aber ich mache Ferien.

– Sie verreisen?

– Ja, sagt Kleff. Übermorgen fliege ich nach Buenos Aires.

5 Bei der Landung das gleiche unangenehme Gefühl wie immer. Sie und der Start waren die beiden Momente des Fliegens, an die er sich nicht würde gewöhnen können. Dann, nachdem sie geglückt war, folgte unausweichlich die Reaktion der Erleichterung, ein Knurren und ein warmer Strom im Solarplexus. Dabei hatte er keine Angst vorm Fliegen: Oben, über den Wolken, war ihm gleichgültig, was passierte. Jetzt konnten sie fallen, seinetwegen, steil senkrecht in die Watte unter ihnen, und tiefer, und während des Sturzes schwand das Bewußtsein für immer. Ein gnadenreicher Tod.

Zur Ordnung, rief Kleff sich im stillen zu, zur Ordnung!

Er wollte sich nicht im Flughafen von Buenos Aires verlaufen. Vor allem wollte er nicht Lucienne ins Gesicht starren, ohne sie zu erkennen. Oder würde es André sein? Oder beide?

Er sah sie jenseits der Sperre, allein, ihm zuwinkend und lächelnd, winkte zurück, ging direkt auf sie zu, stand vor ihr.

– Hast du kein anderes Gepäck als das da? fragte sie und deutete auf die Reisetasche in seiner Hand und die kleinere, die über seiner rechten Schulter hing.

– So ist es, sagte er. Die weitesten Reisen muß man mit dem leichtesten Gepäck unternehmen.

– Wir haben immer noch kein Auto, sagte sie, als sie die Halle verließen. Dort drüben warten die Taxen. Es ist jetzt viel angenehmer als noch vor zwei Wochen.

Der Herbst hat begonnen. Du hast dir die schönste Zeit ausgesucht.

Im Taxi ging es so weiter. Sie arbeite jetzt in einer Galerie, erzählte sie. Die Arbeit habe sie sofort bekommen, als sie deutlich gemacht habe, daß es ihr nicht so sehr ums Geld gehe und sie sich mit einem eher symbolischen Lohn begnügt habe. André werde dort ausstellen, die Vernissage sei in einer Woche. Langsam komme man aus der Isolation heraus, und im übrigen werde ihr Spanisch immer besser.

– Der Alte beschränkt sich noch immer auf die rein visuelle Erotik, sagte sie.

Er hatte eine zähe Begrüßung erwartet, auch Verlegenheit auf beiden Seiten. Da hatte sie ihm einen Brief geschrieben, der zwischen jeder Zeile Hoffnungslosigkeit atmete. Nun redete sie drauflos, ganz munteres Plaudertäschchen, versehen mit Lebensfreude und Zukunftsperspektive: *bella figura* um jeden Preis. Einmal während der Fahrt erwischte er ihre Augen, die erzählten etwas anderes.

Sie trug die weiße Bluse und den roten Rock wie damals, und einen Leinenblazer dazu, der neu war. Als sie seinen Blick auf sich spürte, bedachte sie ihn mit ihrem hinreißendsten Lächeln.

– Ja, man kann hier so chic einkaufen, wenn man Geld hat. O je, jetzt sind wir schon da und du hast auf der Fahrt gar nichts von der Stadt gesehen.

Oben regierte der leise Ton, beinahe die Stummheit. André stand von der Arbeit an seinem Bild auf und sah Kleff unbeholfen entgegen. Er versuchte, offen zu wirken und Freude zu zeigen, brachte aber außer einem gestammelten Gruß nichts heraus. Sie zeigte das Zimmer, das sie für ihn hergerichtet hatten, nicht groß, aber mit allem Notwendigen, danach das Bad, damit er sich frisch machen konnte: Lucienne benutzte tatsächlich diese Vokabel.

Man zeigte ihm den Blick aus dem Fenster auf die Avenida Santa Fe, und er hatte Lust hinauszugehen. Er war jetzt überwach. In wenigen Stunden würde die durch den Zeitsprung bedingte Kurve steil nach unten gehen, vielleicht würde er in einem Café am Tisch einschlafen.

– Es ist eigentlich zu früh auszugehen, sagte Lucienne, aber du bist natürlich neugierig. Sie sah André fragend an, und der schüttelte den Kopf.

– Ich werde dich begleiten, sagte Lucienne. André möchte noch etwas arbeiten.

Das scheint André nicht selber sagen zu können, dachte Kleff.

Draußen hakte sie sich bei ihm ein.

– Euer Herbst ist wirklich schön, sagte Kleff nach wenigen Schritten.

– Nicht wahr? Die Stadt wird auch wieder voller. Im Sommer fliehen alle, die es sich leisten können. Ah, was für eine schöne Handtasche!

Und mit diesem Aufschrei des Entzückens zog sie Kleff nah an ein Schaufenster heran. Die Menschen auf dieser Avenida schienen vorrangig unterwegs zu sein, um Schaufenster zu betrachten. Kleff sah ein Mutter-Tochter-Gespann, verzückt vor einem Laden mit Lederwaren, einen Geschäftsmann, der Schuhe inspizierte, eine einzelne Schönheit, die vor einem Wäschegeschäft in Trance gefallen war.

Dort drüben ist eine kleine Confiteria, sagte Lucienne.

– Eine was?

– Ein Café. Nicht ganz so edel wie die anderen hier.

Sie gingen hinein. Kleff sah Lucienne ängstlich an, als der Kellner kam, um die Bestellung aufzunehmen. Mademoiselle Lemaire bestellte ganz souverän zwei Kaffee.

– Es ist immer ein Handicap, wenn man die Sprache nicht kann, sagte Kleff. Ich traue mich kaum allein auf die Straße.

Zum Kaffee gab es für jeden ein Glas Wasser.

– Du kommst in der Regel mit Englisch ganz gut durch, sagte Lucienne. Wir sind hier sehr kosmopolitisch.

– Wir?

Sie lächelte.

– Nun, du weißt, am Anfang muß man sich immer besonders anstrengen, um heimisch zu werden. Mimikry.

– Ist es schön bei den Reichen?

– Eher anstrengend. Ich glaube, wir werden nicht für immer in diesem Viertel bleiben.

– Ihr seht nicht besonders glücklich aus. Ihr seht sogar unglücklich aus, wenn ich das sagen darf.

Sie lächelte immer noch und sah ihm zum ersten Mal seit seiner Ankunft direkt in die Augen.

– Mein Lieber, diese Wörter haben für uns keinen Sinn.

In den nächsten Tagen besuchte er sie in der Galerie, auf der Avenida Libertad. Die Galeristin schwärmte von ihrer neuen Mitarbeiterin: eine so tüchtige habe sie noch nie gehabt. Die letzten Vorbereitungen für Andrés Ausstellung wurden getroffen. Erstmals sah er einige von Andrés Bildern. Sie waren in der Tat sehr leer, wie Lucienne sie beschrieben hatte, und die Sitzmöbel standen sehr einsam im Freien. Auf einem der Bilder sah man einen hölzernen Pier, der endlos ins Meer ragte, und ganz an seinem Ende ein kleines schwarzes Zweiersofa, das Gesicht dem Wasser zugewandt. Als wollte es sich im nächsten Moment hineinstürzen und sich ersäufen, dachte Kleff.

Er verbrachte die Tage auf den Straßen, hatte schnell verstanden, daß sie deshalb so lang waren, weil sie zum endlosen Gehen einladen sollten. Um sich nicht zu verlieren, entwickelte er ein paar Gewohnheiten: zum Beispiel die, zu einer bestimmten Zeit ins Café Tortoni zu gehen und dort eine Stunde bei einem oder zwei Kaffee zu sitzen, oder die, täglich an einem bestimmten Kiosk – die Kioske faszinierten ihn! – eine argentinische Zeitung zu kaufen, die er nicht lesen konnte.

Am Abend vor der Vernissage aßen sie zu dritt in einem Restaurant an der Corrientes. André war gesprächiger als sonst. Er dozierte eine Stunde lang über Velázquez als spanischen Hofmaler. Lucienne, als sie *The Ladies' Cloakroom* entgegenstrebte, zog die Blicke der anderen Gäste auf sich, die Beifall ausdrückten. Das Restaurant um diese Stunde war vor allem ein Raum für Blicke, weniger fürs Essen, soviel hatte Kleff verstanden und paßte sich an.

Die Besucher auf Andrés Vernissage fand er überwiegend unerträglich, aber es waren zwei echte Kaufinteressenten darunter, und zumindest zur Vorbereitung von Geschäftsabschlüssen kam es an diesem Abend. Er beglückwünschte André und verließ die Vernissage, um nach La Boca zu fahren. Den Rest des Abends verbrachte er in einer Cantina, in der zunächst Amateursänger und kleine Gruppen auftraten, von ihrer Anhängerschaft unterstützt, später ein deutlich professionelleres kleines Orchester mit einem Sänger. Kleff trank langsam, aber stetig. Von den Nebentischen beobachtete man ihn, jedoch nicht feindselig, eher mitleidig. Ein Fremder, der etwas verstehen wollte und es doch nicht schaffen wird: das war er. Ein Blinder in der Nacht.

Ein Tango gefiel ihm besonders, und er fragte den Kellner auf englisch nach dem Titel.

– Que vachaché, sagte der Kellner.

– Und was heißt das?

– Oh, das kann ich Ihnen nicht übersetzen, mein Herr. Mein Englisch ist einfach nicht gut genug.

6 Im Taxi hatten sie beide hinten Platz genommen. André war zu Hause geblieben: erleichtert? Der Stil des Fahrers erinnerte Kleff an das erste Taxi damals in Brüssel, das ihn in die Rue des Pensées gebracht hatte. Lucienne griff nach seiner Hand, um sich festzuhalten. Sie machte einen Versuch, dem Fahrer zu bedeuten, daß man es nicht eilig habe, aber er reagierte nicht.

– In der Boca habe ich ein Lied gehört, das mir sehr gefallen hat, sagte Kleff, aber der Kellner konnte mir den spanischen Titel nicht übersetzen. Vielleicht kannst du mir helfen. Es hieß: Que vachaché.

– Das heißt: Was ist da zu machen? Ein Lied von Discépolo, in dem eine Frau ihrem gewesenen Liebhaber erklärt, wie es zugeht in der Welt.

– Und wie geht es zu?

– Das weißt du doch, sagte Lucienne.

Sie sprachen nicht mehr, bis sie die Gegend des Flughafens erreicht hatten.

– Ihr könnt jederzeit zurückkommen, sagte Kleff. Die Gefahr ist vorüber.

Lucienne nickte.

– Ich weiß. Aber ich glaube, wir werden hierbleiben. Ich glaube, wir werden nie mehr nach Europa kommen. Ich wünschte nur, mein Vater würde sich bald zu einem Besuch entschließen. Damit er sieht, daß es uns nicht schlechtgeht. Er ist der einzige dort drüben, um den ich mich sorge.

Der Taxifahrer mußte mit aller Kraft auf die Bremse treten, da ein Kind auf die Straße gelaufen war. Der Wagen stand sofort, und Lucienne wurde in Kleffs Arme geschleudert.

– Hoppla, sagte er, hielt sie ein paar Sekunden fest, bevor er sie freigab, und roch an ihrem Haar.

– Um dich sorge ich mich natürlich auch, sagte sie. Aber du wirst zurechtkommen, nicht wahr?

– Ja, sagte Kleff. Ich denke schon.

# EPILOG

Diesmal ist der Ort genau auszumachen.

Er hat Dillinger vor zehn Minuten verlassen und ist durch die sehr stillen Straßen zum Fluß hinuntergegangen. Einige der Häuser hinter ihren Hecken und Zäunen waren noch prächtig erleuchtet, und mit der linken Hand hat er im Vorbeigehen zärtlich einen parkenden Jaguar gestreichelt. Es ist nicht die Avenida Santa Fe, aber es handelt sich um die gleiche Vermögensklasse.

– Es freut mich, daß Sie sich doch noch dafür entschieden haben, hatte Dillinger gesagt. Einen besseren Platz als bei Ihnen kann es gar nicht haben.

Jetzt hat Kleff die Uferstraße und die Straßenbahnschienen überquert, schlüpft unter dem Geländer der oberen Promenade hindurch und steigt vorsichtig zum Fluß hinab. Unten geht ein Mann mit seinem Hund spazieren. Er stutzt, als er Kleff mit dem Paket unter dem Arm am Ufer stehen sieht, bleibt stehen. Kleff dreht sich ruhig um und wünscht einen guten Abend. Der Mann erwidert den Gruß und geht verärgert weiter, sich wieder auf seinen Hund konzentrierend. Kleff wartet noch einige Minuten, dann wirft er das Paket sanft ins Wasser, der Aufprall ist kaum hörbar. Es dauert etwas, bis sich das Packpapier vollgesogen hat und das Objekt langsam verschwindet.

Stromaufwärts hat sich ein Vergnügungsschiff genähert. Musik und Stimmen sind zu hören. Ein Junge an der Reling winkt ihm zu, als das Schiff seine Höhe erreicht hat. Kleff zögert; dann hebt er den rechten Arm und winkt sehr langsam dreimal zurück.

Jochen Schimmang
Das Vergnügen der Könige
*Erzählungen*
168 Seiten
Fadenheftung · Schön gebunden

»Wo sie sich eingerichtet haben, sind Schimmangs Menschen nicht zu Hause. Die Sinnlichkeit der Wörter dringt in ihr ungelebtes Leben und hinterläßt dort, wenigstens für Augenblicke, eine Ahnung von Wirklichkeit. Sie werden also noch gebraucht, die Erzähler.«
*Heribert Hoven*
*Süddeutsche Zeitung*

»Hinzu kommt eine bemerkenswert schnörkellose Schreibweise. Sie will weder missionieren noch moralisieren und ist weder übertrieben pathetisch noch übertrieben nüchtern. Vielmehr ist sie in einer Weise unauffällig und präzise, von der wir wissen, daß sie das Resultat jahrelanger Feinarbeit an bzw. mit der Sprache ist. Also können wir es kurz machen und abschließend zusammenfassen, daß Jochen Schimmangs Erzählungen *Das Vergnügen der Könige* nicht nur außerordentlich klug, sondern auch rundum geschliffen sind.«
*Jürgen Schmidt-Missner*
*Nürnberger Nachrichten*

»Schimmangs Texte leben von einer unaufdringlich in der Klarheit von Stil und Erzählduktus gelösten Geistigkeit. In dieser Sparsamkeit und Verinnerlichung seelischer Regungen liegt ein künstlerisches und menschliches Potential, dem man gern häufiger begegnen würde.«

*Angela Schader*
*Neue Zürcher Zeitung*

»Die sieben Erzählungen nebst einem ›ethnographischen Bericht‹ sind so hintersinnig und irritierend, so ironisch wie schon lange keine mehr. Es wartet ein souveräner Erzähler, der Sprach- und Denkklischees spielerisch persifliert und der auch mit Zartheit (ganz recht!) zu überraschen versteht.«

*Angelika Steitz*
*Buch Journal*

Frankfurter
Verlagsanstalt